「ゆる……さ……ない」

もう俺一人でいいんじゃないか？
奴隷殺しの聖杯使い（ギフトメーカー）

［目次］

Contents

プロローグ

「落ちこぼれは所詮、落ちこぼれということか。お前は追放だ」

見上げんばかりの巨躯を持つその男は、その身に纏う覇気とは裏腹に、まるで何の感慨もなく、それがただの事実確認であるかのような無関心さでそう言葉を放った。

洗礼の儀を終えたクレイスは、その侮蔑のこもった言葉に身を固くする。

同席していた同門達のクスクスという嘲笑が突き刺さる。

大陸三大国家の一つ、エクラリウス帝国は九つの貴族が統治している。

しかし、この国において最も長い歴史を持つ大貴族は別にある。

それが十番目の貴族ウインスランド伯爵家であり、その影響力は一線を画している。

だが、その存在は秘匿され表向きには知られていない。

ウインスランドは、帝国領の小さな島、カラマリスに領土を持っている。

その島では一般市民はおらず全てがウインスランド家の者で成り立っている。それが帝国の影、存在しない十番目の貴族ウインスランドという家だった。

ウインスランド家は帝国を築き上げた初代国王、賢帝エリガルの右腕として仕えた【剣神】マリアルによって興された家であり、その功をもって伯爵の地位を得た。

【剣神】マリアルは帝国を支える〈帝国の剣〉として、ウインスランド家を興す。

以来、ウインスランド家は代々〈帝国の剣〉として帝国に仕え、その使命を全うしてきた。

それはウインスランド家の人間にとって誇りであり、その家は、弱者の存在を許さない。

弱者である僕、ウインスランド本家の四男、クレイス・ウインスランドは、たった今、ウインスランドの家名を失ったのだ。

「今すぐこの島から消えろ。お前には何の価値もない。二度とウインスランドの名を語るな」

十九代目当主であり、僕の父でもあるその人、【剣聖】オーランド・ウインスランドはまるで虫けらでも見るかのように一瞥すると、すぐにその場から立ち去ってしまった。

別れとなる、その言葉だけを残して。

クレイス・ウインスランドには戦士として才能が何もなかった。

毎日ひたすら剣を振っても、がむしゃらに槍を突き出しても、どれだけ身体能力の向上に努めても、クレイスの成長は遅々として進まなかった。無価値な存在、それがクレイスだった。

最後のチャンスが六歳の時に発現する「ギフト」だ。

そのギフトがウインスランド家にとって有用であること、それだけがクレイスがこの家に残る為の唯一の希望だった。だが、その希望もたった今、潰えた。

「どうして、どうして僕はこんなに無力なのかな……」

無力感に苛まれ、あまりの惨めさに涙がこみ上げる。

これまで自分なりにあらゆる努力をしてきた。少しくらい報われても良いのではないかと、そんな思考がグルグルと頭をかき回す。

六歳の少年は洗礼を終え、ただただその結果に悲観することしか出来ない。

授かったのは【聖杯】という使い道も良く分からないギフトだった。

この家では戦闘系のギフト以外に存在価値はない。

帝国の武力の象徴ウインスランドに求められているのは純粋な力だけだからだ。

ウインスランド家は〈帝国の剣〉として力を発揮するべく、表裏八つの家に振り分けられている。

皇帝を護衛する直属の騎士団、近衛第一騎士団の団長は表一門から選ばれるといったような具合だ。

裏門とは工作や潜入といった暗部を専門とする家である。

「お疲れさん。やっぱりゴミはゴミだったな」

「同期というだけでも恥ずかしかったからね。消えてくれて清々するよ」

ヘラヘラと笑みを浮かべながら声をかけてきたのは、広間で洗礼の儀を見ていたリドラ・エンドバーとニギ・マギだった。

リドラは年齢に似合わない逞しい身体を持ち、ニギは細身だが良く見ればしっかりと筋肉に覆われていることが分かる。

この二人は既に表門への配属が決まっており、ギフトもそれに相応しい【剛剣士】、【上級槍士】といった戦士としての最適解を授かっている。

「未だに【門】すら開けないなんて、なんでお前みたいなのがここにいるんだ？」

「クク。最も クレイスの場合、仮に【開門】しても大したものは出てこないでしょう」

あらゆる武を集め研鑽・開発してきたウインスランド家には、本来帝国のルーツには存在しない武力を隠し持っている。その一つが【門】だが、クレイスは初歩中の初歩である【開門】にすら一度も成功したことがなかった。

「本当になんでクレイスみたいなゴミが本家なんだろうね」

「折角ギフトを授かったんだし、俺らが実験台になってやるよ。ホラ、攻撃してみろ！」

「グッ……！」

リドラに殴られる。重たい一撃がクレイスの下腹部に突き刺さる。

思わず、せり上がってきた胃液を吐き出す。

クレイスが目の敵にされるのは、本家の人間だということも影響している。

幾ら武の強さで全てが決まるとは言え、本家と分家ではやはり格差が存在していた。

自分達より弱いクレイスが本家の人間である。それはこの島に住んでいるものにとって、妬みや嫉みといった感情を想起させるのに十分なものだった。

「追放なんてまどろっこしいことしないで、この場で殺してやろうか？　どうせお前なんかが〝外〟に行ったたって生きていけねぇしよ」

ニヤニヤしながらリドラが嘲（あざけ）る。

ウインスランド伯爵家があるこのカラマリスは、外の世界から分断されている。島外との交流は最小限に留められており、基本的には島外任務などで外に出るか、騎士団に入るといった以外は、この島で自らの「武」を研鑽し続けることを課せられている。

　そして、クレイスが虐めの標的にされるのも日常だった。

　力を信奉するこの島では力を誇示することが咎められることはない。むしろ強くなればなるほど、上へと登り詰めることが出来るこの島において、戦士達の衝突は日常茶飯事だった。

　例えば今クレイスがこの場で二人を打倒すことが出来れば、周囲の見る目も変わり、クレイスは何処かに所属することも可能だろう。だが、クレイスは、まるで勝てるとは思わなかった。それくらい隔絶した力の差が存在している。

　この島で最弱のクレイスは常にターゲットであり、武力の誇示という名目の下、実際には暴力のはけ口として虐げられているのが実情だった。

「そこら辺で止めておいたら？」

　殴られ続けるクレイスの耳に、空気を引き裂くような凛とした声が響いた。

　間断なく続いていた暴行がピタリと治まる。

　赤みがかったツインテールが揺らめき、朱色の瞳がクレイスを見据えていた。

　マーリー・クリエール。

　工作を得意とするザリス家の令嬢でありクレイスの許嫁だった。

「あ、ありがとうマーリー」

　ヨロヨロとクレイスが立ち上がる。こうして暴行を受けていると、いつもマーリーが助けてくれる。マーリーはクレイスにとって、母親以外で唯一信頼のおける味方だった。

「ようマーリー。お前もギフトを授かったんだろう？」

「ええ、私は【伊邪那岐(イザナギ)】を授かったわ」

「やりますねぇ。ザリスの奇跡をキッチリ受け継ぐとは、やはり筆頭の座は君のようだ」

「まだ分からないわよ。それよりもクレイスはもう出ていくのよ。そこまでにしときなさい」

「わかったよ。俺もジジイに呼ばれてるしな。じゃあなクレイス。俺が任務で外に出たとき、お前を見つけたら殺してやるよ」

「アハハ。ま、〝外〟なら誰も気にしないよね」

歪んだ笑みを浮かべながら立ち去るリドラとニギ。

マーリーが大きなため息を吐く。

「あ、あのマーリーごめんね？　僕やっぱり駄目だったみたいだ」

「急ぎなさいクレイス。既にこの島に貴方の居場所はないのだから」

矢継ぎ早にそれだけ言うと、マーリーは足早に去っていった。

◇　　　◇　　　◇

翌日。準備を済ませたクレイスは島から立つ船に向かう。

追放という処分に驚きはなかった。こういう日が来る予感はしていた。しかしクレイスはこの島から出られるということに喜びを感じていた。

この島での生活はクレイスの優しい心を少しずつ削り取り、蝕み始めていた。

他者からの暴力のはけ口にされている一方、クレイス自身にははけ口が存在しない。徐々に憎悪が沈殿していく気持ち悪い感覚は確実にクレイスの心を蝕んでいた。

それでもクレイスが心を壊さなかったのは優しい母のおかげだった。

クレイスは道中、昨日の母親クランベールの言葉を思い出す。

母の見せたその泣き顔にジクリと心が痛んだ。

母は病気を患い、身体が弱っている。大丈夫だろうか、それだけがクレイスの心配だった。

(冒険者か……。母さんは僕のギフトのこと、何か知っていたのかな？)

クレイスのギフトを聞いた母は、驚きに目を見開くと、優しくクレイスの頭を撫でた。

『ごめんねクレイス。貴方に辛い思いばかりさせて、守ってあげらなくて。貴方は優しすぎるだけなの。あなたの価値はこんな島にいる連中には分からない』

(母さんはあまりこの島が好きじゃないみたいだった……)

『貴方は強い。この島での強さなんて〝外〟では何も意味なんてないんだから。貴方は優しく育った。その優しさを持つ貴方はこの島の誰よりも強いのだから』

抱きしめられた温かさがクレイスの心を軽くする。しかし、その温かさを感じられるのもこれが最後だと思うと、胸が締め付けられた。クレイスもまだ六歳、甘えたい年頃である。

『母さん、僕はこれからどうすれば良いのかな？』

胸中に複雑な想いが去来する。不安と葛藤。

外で生きていけるのだろうか、外でも同じような目に遭うのではないだろうか。

『いずれ誰もが貴方を放っておかなくなる。貴方の価値も分からず追放するなんて、この家がこんなに馬鹿の集まりだったなんて。貴方はこんな脳筋になっては駄目よ』

クレイスは兄妹と血が繋がっていない。

母はオーランドの二番目の妻であり、子供はクレイスしかいない。

それが、クレイスが目の敵にされる理由の一つでもある。

『そうね、冒険者を目指すのが良いかもしれないわね。自由に生きて、何物にも縛られず、貴方らしく生きれば良いの。そして貴方が心から信じられる人を探して、心から誰かを好きになったら、きっとギフトが答えてくれるわ。そして貴方の眼で世界を「視る」のよ。この世界で貴方だけが、貴方こそが――』

（何を言ってるのか分からなかったけど、母さんは真剣だった）

まだ六歳のクレイスにとって母の言葉は難解だったが、冒険者という言葉はクレイスの胸に深く刻まれていた。生き方を定められているこの島では得られない〈自由の象徴〉。それはクレイスにとっては、この上なく魅力的に映った。

「マーリー？」

波止場に着くと、マーリーが待っていた。見送りに来てくれたのだろうか、マーリーはやっぱり優しいなとクレイスは思った。

マーリーはクレイスの許嫁だったが、それはこの島では珍しいことではない。

優れたギフトを持つ者の子供は、優れた資質と同じギフトを受け継ぐ可能性が高い。

【剣神】マリアルがウインスランド家を興したのもその為であり、マリアルの【剣神】の血を絶やさないようにすることが目的だった。そうすれば、いつかまた何処かで【剣神】のギフトを発現する者が現れるはずという期待が込められている。

そしてその期待はいつしか絶対的な家訓へと変質していく。

一方、貴族でありながらもウインスランド伯爵家は武術に優れた才能を〝外〟から受け入れることにも注力してきた。純血統主義には拘らなかったのである。

そうして類稀な両親から血を受け継ぐ子供は、やはり類稀な才能を見せる可能性が高く、それが帝国の武力の核心となっていた。その為には、時に才能に溢れる兄妹間で婚姻が結ばれることもあり、過去には父親が娘に子供を産ませた例もあった。

近親相姦も辞さない、徹底的な武力の濃縮。

それこそが十番目の貴族ウインスランド伯爵家を公に出来ない理由だった。

クレイスにマーリーがあてがわれたのも、当初は本家の四男として期待されていたからであり、マーリーがザリスの血を色濃く受け継ぐ才能の持ち主だったからである。

「最後に一つ言っておきたいと思って」

「うん。えっと、ごめんね、君と結婚できそうもないや。こんな僕に君は勿体ないよ」

申し訳なさそうに謝罪するクレイス。

追放された以上、許嫁も解消される。当たり前のことだった。

「はぁ、あのねクレイス。貴方は知らなかったかもしれないけど、私はもうとっくにメテウスの許嫁なの」

「えっ……そうだったんだ！」

ここにきて突然明かされた事実に驚きを隠せない。

メテウスとはロウガ家の嫡男であり、若手の中でも屈指の実力を持つ戦士だ。

マーリーが髪を指で弄る。それがイライラしているときの仕草だと、クレイスは知っていた。

「あのね、私がアンタにこれまで優しくしてきたのは、もしかしたらアンタが何か貴重なギフトを獲得するかもしれなかったから。ちょっとだけ、ほんのちょっとだけでもそのミジンコ並の淡い可能性を気にしていただけなの。でも結局アンタはいつも通りゴミでしかなくて、私の労力は全てパーよ。どうしてそんなに無能なの？　馬鹿なの？　死ぬの？　なんかもー本当に無駄な時間だったわ！」

「マ、マーリー……？　なに言って――」

これまでずっと味方だと思っていたマーリーの豹変に動揺を隠せない。

同年代の中でマーリーだけがクレイスを助けてくれていた。マーリーの存在は心が擦り切れそうなクレイスにとっての支えだったのだ。

だが、今マーリーはこれまでクレイスが聞いたことがない、これまでずっとクレイスを苦しめてきた連中と同じことを口にしている。

「これまで散々アンタみたいなゴミの世話をさせられて苦痛だったの。私の貴重な時間を返してくれない？　むしろ時給払って？　なんでアンタみたいな完全無欠のド底辺のゴミクズが私の許嫁だったのかしら？　おぞましい！　あぁ、もう虫唾が走るわ」

——あぁ、そうか。マーリーもウインスランドだったんだ——

そんな当たり前のことが酷くショックだった。

ドス黒い感情が噴き出すのを抑えきれない。

母は優しく育ったと言ったが、内心でクレイスはそれを否定していた。優しいのではなく、単に力への嫌悪があるだけだった。クレイスがこの島で見てきたのは、力を使って人を貶めることしか考えていない人間ばかりだった。

「どうしてアンタを助けてきたか分かる？　なんの才能もない役立たずはどうせ追放される。私がゴミの世話をやっていたのはね、散々くだらない労力を掛けさせてくれたアンタを嘲笑してやりたかったからなの。だから優しくしてアンタを喜ばして、そして私を信頼して、最後の最後に何も知らないアンタを絶望に叩き落してやろうと思ってたの！　今、どんな気持ち？　ねぇ、どんな気持ち？」

マーリーの嘲笑が木霊する。

靴で石畳の上をトントン叩きながら、愉快そうに嘲笑う。

「やめてよマーリー！　聞きたくない！」

「だからねクレイス。これが私達の交わす最後の言葉」

マーリーの朱色の瞳が呆然としているクレイスを映し出している。

この上ない愉悦を浮かべて——その女は言った。

「ざまぁ」

第一章「約束」と「裏切り」

「うーん、久しぶりに帰ってきたわね！　これよこれ！　私の居場所はここだったのよ！」

健康的な褐色肌を思い切り空に伸ばして、ニウラが身体をほぐす。

ここまで馬車に乗ってきたので、身体の節々が固まっていた。

肩を回しながら揉み解すと、凝り固まっていた筋肉が徐々に弛緩していく。

「ニウラ、今回は協力してくれてありがとう」

「ううん。私も久しぶりに故郷に帰れたし、ま、帰省みたいで楽しかったわ」

ニウラは五年ぶりに家族と再会したらしい。最も、ニウラは顔を見せた途端に家族から、危険な冒険者なんて辞めて帰ってこい、孫の姿はまだかなどと、散々責め立てられて辟易していたりもしたのだが、それは俺には関係ない。

「そう言ってもらえると助かる」

「パパもママも元気そうだったしね。それにしても、無事に確保出来て良かったわ。貴方が粘るのには困ったけど。でも本当に良かったの？　ギルドからの報酬を私が全部貰うのは流石に割に合わないと思うんだけど……」

王都から程遠いブランデンの街の一画で、俺は一緒について来てくれた相棒に素直に感謝を述べた。自分だけでは決して得られない成果であり、そしてそれは俺の未来を決定付けるものだ。

今回、俺はある目的の為にソロで冒険者をしているニウラと即席のパーティーを組んだ。普段は別のパーティーを組んでいるが、現在は次のクエストに向けて待機中であり、時間が空いていたのだ。

「いいんだ。俺が欲しかったのはコレだけだから」

「わざわざ買えるのに自分で取りに行くなんて、クレイスもモノ好きよね」

「既製品だと、本来の意味合いと変わっちゃうからな」

「そんなのお伽話じゃない」

目の前の女性、ニウラの言葉に思わず照れ笑いを浮かべる。手に持っていた漆黒に染まる小さな丸い石を大切にしまう。

「約束したんだ。あいつは憶えてないかもしれないけど。どうしても渡したくて」

「妬けるわねー。そんなに好きになってもらえて、羨ましい限りだわ」

こちらの好意を煩わしく思っているであろう幼馴染の顔が浮かび、かぶりを振る。

「ま、あっちの方には俺は嫌われていると思うけど」

「えっ、本気で言ってるの!? 男にそこまで想われてトキメかない女なんていないでしょ」

それはない。きっとアイツからしてみれば、「は？　あんた馬鹿なの？　死んだら？　足舐める？」なんて言われるのがオチだろう。

「当たって粉砕骨折の精神だよ。あ、そうだ俺からもニウラに報酬を渡したいんだけど、うーん……

なにがいいかな？　そうだ、このダガーとかどう？」

「いや、砕けすぎでしょ。──って、ちょっと待って！　これってトリストンダガーよね？　はぁ。まったくSランク冒険者様の懐具合ときたら……」

呆れた様子のジト目のニウラに苦笑する。

トリストンダガーは珊瑚とドミニオンタートルの甲羅を加工して作った特殊なダガーであり高価な品だ。碧色がかった刀身が美しく非常に頑丈なのだが、購入するなら七十万ジルはくだらないだろう。とある伝手で手に入れたものの俺が持っていても仕方がない一品だった。シーフのニウラなら使う機会もあるだろうと思ったのだが呆れられてしまった。

ま、まぁ、別に質屋に持ち込んでもらっても構わないしね？

一週間かけて辺境に造られた港町ザックラブまで行っていた。

ようやく帰ってくることが出来たが、クエストはあくまでもついでにすぎない。本命は黒蘭宝珠を手に入れることであり、それにはザックラブ出身のニウラの協力が絶対不可欠だったのだ。


【黒蘭宝珠】

ブラックパールの一種と呼ばれるそれは黒蘭蝶貝から取れる。

浅瀬の岩礁で取れる黒蘭蝶貝は見つけるのが難しく、俺では生息地を見つけるのは困難だと思えた。そこでザックラブが出身というニウラに声を掛けたのだった。

黒蘭宝珠は、ある意味では良く知られた宝珠だった。

それは冒険者にとってのお伽話の一つ【アンネの回顧録】（因みにギルドにも置いてある。全③

巻）に登場する宝珠であり、アンネとルイドという二人の冒険者の恋物語に由来する。

物語としてはありきたりな恋愛譚で、冒険者という危険な職業を選んだ二人が愛を誓い、その証として互いに贈ったものというだけなのだが、その逸話が今でも語り草になっており、好きな相手に黒蘭宝珠を贈り愛を誓うことは、冒険者なら誰もが夢見るロマンスだった。

黒蘭宝珠は購入することも可能だが、その由来を考えれば、自分で見つけて渡してこそ意味がある代物だろう。

「そんなことより良いの？　もう彼女を一週間も放ったらかしにしてるんでしょ。そろそろ会いに行ってあげないと、それを渡す前にフラれちゃうかもよ？」

「その覚悟もしてるさ。待ってくれているなんて思ってない」

「夢のない話ねぇ。私だったらイチコロなんだけど」

「ニウラにも素敵な人がきっといるよ。それに俺も本当はもうちょっと早く帰りたかったけど、やっぱりこういうのは大きい方が良いのかなってさ」

手に入れたばかりの黒蘭宝珠を大切に撫でる。

「サイズなんて拘らないわよ。貰えるだけで気持ちは伝わるんだから」

「そんなものかな？」

「ええ、そうよ。だから早く会いに行ってあげて」

これを渡したらアイツはどんな顔をするだろう？

喜んでくれるだろうか？　受け入れてくれるだろうか？

いや、こんなものでアイツが喜ぶことはないだろう。

これまであいつに近づいてきた男達だって、これくらいのものは用意していた。

だが、それで喜んでいる姿を見たことがない。

ここまで待たせすぎたという自覚はある。それが悪かったんだろう。

優しかったアイツが、だんだん俺のことを疎ましく思うようになってきているのを感じていた。

特にここ一年くらいは、昔みたいに上手く話せていない。

パーティーが三人になってからは、その傾向が顕著になり、それが寂しくもある。

喧嘩をしているわけじゃない。

ただいつも、不機嫌そうにしていて、俺に対して厳しい言葉を投げつける。

最近のアイツの態度は、俺のことを嫌いになったとしか思えない。

それもそうだ。アイツは美人な上に【剣聖】という貴重なギフトを授かっている。

何の才能もない俺が並び立てる人間じゃない。

――本当は自信がなかった。だから焦っていた。

黒蘭宝珠を用意したのは、臆病さからだ。前みたいな関係に戻りたかった。

いや、戻りたいのではない。これまでの関係から前に進みたかった。

だから【アンネの回顧録】なんてお伽話に縋（すが）った。

これまでにもアイツは何度も言い寄られていた。

それを見て、いつか自分じゃない誰かと一緒に離れていくのではないかと、いつも不安だった。

あの日、二人で成人になるまで〝そういうことはしない〟と約束し、アイツの十八歳の誕生日に告白すると伝えた。だから、それだけは覆したくはなかった。そんな約束一つも守れないような男が、隣に立つ資格なんてないと思っている。

一足早く十八歳の成人を迎え、俺はこの日を心待ちにしていた。

あの頃から俺の隣でずっと寄り添ってくれたアイツに気持ちを伝える。

その為に相応しい冒険者になる、それだけが冒険者としての俺の矜持であり、島を出てからこれまでの人生であり、努力の全てだったと言えるだろう。

パーティーだって、アイツはずっと二人のままで良いと言っていた。

なのに、ギルドマスターの斡旋を受けて最終的に三人までメンバーを増やしたのは俺だ。

アイツの才能を埋もらせたくなかった。

それに俺は急いでSランクに上がりたかった。

そうすれば自信が付くと思っていたからだ。

しかし、Sランクパーティーに昇格し、周りから称賛されるようになっても、依然として俺は臆病なままだ。俺には何の才能もなく、周囲は才能ある人間で溢れている。それはあの頃と全く同じ光景だった。

裏切られた記憶は今も脳裏に焼き付いて離れない。

今度はいつか、アイツにも裏切られるんじゃないかと怯えている。

もっと触れたい、もっと触れ合いたい――いつも、そう思っていた。

初めて出会ってから十年以上経っている。心変わりもしているだろう。

この告白は成功しない。

そう、俺には分かっていた。でもこれは、けじめだ。

例えフラれるのが分かっていたとしても、俺を立ち直らせてくれたのは紛れもなくアイツで、俺はそんなアイツが好きだったのだから。

もし、アイツに他に好きな人がいるなら、そのときは素直に諦めよう。

少なくとも、それが出来るくらいには幼馴染として年月を重ねたのだから――。

でも、もし受け入れてくれたのなら――

そのときは、この停滞から前に進もう。

「きゃ！」

突然、強風が吹いた。

よろけたニウラをとっさに抱きとめる。

「アイタタ。目にゴミが入っちゃった」

「大丈夫か？」

「うん、平気だと……思う。よし、取れた！」

ニウラはうるうると目を潤ませているが大丈夫そうだ。

五日後、その日はやってくる。

どんな答えが返って来ても、俺は受け止める。

一緒に過ごしてきた時間だけが俺にある唯一のアドバンテージだ。

マーリーに裏切られて消沈していた俺を救ってくれた幼馴染。

十二年間ずっと傍にいてくれた、好きだと言ってくれた幼馴染。

ヒノカの誕生日はもうすぐだ。

さぁ、ヒノカの所に帰ろう。

 ◇ ◇

時は遡りクレイスの帰還から四日前。

「なぁ、あいつが女と何処かのクエストに出掛けたって本当か？」

「なにそれ、知らない」

Sランクパーティー【エインヘリアル】のメンバー、【勇者】ロンド・ダンダインの発した言葉に、私、ヒノカ・エントールは眉を顰める。

もともと【エインヘリアル】は、私とクレイスの二人で作ったパーティーだった。

そこに後からロンドが加わり現在は三人となっている。

パーティーだからといって、休暇中に顔を合わせる必要もないのだが、クレイスのことでロンドから話があると言って呼び出されたのだった。

因みに私はコイツが大嫌いだ。何かと言い寄ってくるクソ野郎であり、素行も野蛮で横暴、下半身に脳みそが付いているに違いない。それでも世間的に許されているのはコイツが【勇者】だからだ。神は不公平である。

しかし、クレイスの話と言われれば聞かないわけにはいかない。

クレイスからは少し出掛けてくると聞いていた。

次のクエストに出発するまでにはまだしばらく時間がある。

すぐに帰ってくるだろうと思って気にしていなかったが、女とクエストに出掛けたと聞いて気にならないわけではない。本人から何も聞いていないのも不安だった。

ねぇ、クレイスは何をしているの？

◇

（ん、なんだコイツが知らないっていうと、チャンスか？）

ロンドは内心喜悦を浮かべた。

千載一遇のチャンスが巡ってきたのかもしれない。

ロンドから見てヒノカは最高の女だった。

腰まで届く濡羽色の長い髪が美しく靡き、その容姿は際立って美しい。女性らしさを主張する豊満な胸、しっかり筋肉のついた太もも、揉み応えありそうな臀部、そのどれもがロンドの欲望を刺激して止まない。

もともとギルドマスターのローレンスから斡旋を受けこのパーティーに入ったのもヒノカの存在に惹かれたからであり、いつか邪魔なクレイスから寝取ってやろうと考えていたのだ。

だいたい自分は【勇者】である。クレイス如きにヒノカは勿体ない女だ。

クレイスとヒノカは傍目にも信頼し合っていて入り込む余地はなさそうだったが、どういうわけかクレイスは未だに一切ヒノカに手を出していない。ヒノカが処女であることは間違いなかった。クレイスより先にヒノカの処女を奪ってやれば、もうヒノカは自分のモノだ。ロンドは常々そう考え実行するチャンスを窺っていた。

しかし、ヒノカは【剣聖】である。

力で押さえつけ無理矢理犯すのは不可能だ。搦手(からめて)がいる。

そこでロンドが考えていたのがクレイスとヒノカの関係に楔(くさび)を打ち込むことであり、そんな計画を立てようとしていたところに飛び込んできたのが今回の一報だった。

「アイツは俺達に嫌気が差したんじゃないか？」

「……クレイスが誰と一緒にいようと関係ないけど」

ヒノカの言葉尻に微(かす)かに苛立ちが含まれているのを、ロンドは目敏(めざと)く勘づいていた。

「女と一緒にクエストに行くってことは、そういうことなんだろうよ」

「そもそも誰なのその女。だいたい何処に行ってるって言うのよ？」

「いや、そこまでは知らないが、浮気するなんて最低のクズだな」

「そういうのは止めて」

ロンドは猜疑心を植え付けようと会話を誘導していく。

ロンドはこのパーティーに入ってまだ半年程度しか経っていない。

信頼関係などないが、長い時間を過ごしているクレイスはヒノカから信頼されているだろう。【勇者】や【剣聖】からすればクレイスの存在は霞むが、さりとて無能に務まるほどSランクは甘くない。クレイスが最低限の実力を持っていることは確かだ。

近接武器なら概ねどれでも使うことができ、警戒や探索なども得意としている。およそ二人に足りない部分は全てクレイスが担っていた。とはいえ、それもあくまで足手まといにはならない程度の話で、クレイスが必須というわけではない。

そもそも【勇者】と【剣聖】が揃っているパーティーなど大陸でも殆ど存在しないし、これだけ揃っていればハンターとして大抵の任務はこなせる。このパーティーに必要なのはクレイスではなく、そう、いうなれば【聖女】であり、そこにクレイスを追い出す余地があるとロンドは考えていた。

クレイスが戻ってくるまでに出来るだけ疑念を擦り込む。

不和と不信の種を植え付け、邪魔なアイツをパーティーから消す。

「まぁいい。次のクエストはアンドラ大森林だったな？」

「そうね、そろそろ準備も整うし十日後に出発しましょう」

次のクエストはギルドからの指名依頼だ。Sランクパーティーともなると、こういったクエストに駆り出されることも良くある。

「生態系の調査依頼か。まぁ、そんなに大変ってこともないか」

「どうかしら。本来ならあり得ないような魔物の発生報告が増えてるって話だけど、ひょっとしたらなにか良くないことが起ころうとしているのかもしれないし」

「ったく、めんどくせぇな」

「ま、なるようになるでしょ」

ヒノカと雑談に興じながら、ロンドはどうやってこの状況を利用しようか思考を巡らせていた。

◇　◇　◇

ロンドの話は全く私の知らないものだった。

クレイスが女の人と一緒にクエスト？　どういうこと？

私には少し出掛けてくるとしか言ってなかった。クレイスが今まで私に嘘を付いたことはない。

彼は誠実で優しくて誰よりも私を大切にしてくれている。

──浮気なんてありえない。

けれど、私は漠然とした不安に駆られる。

その原因は私の態度にある。

最近の自分はクレイスに酷いことばかり言っている。

それこそ、クレイス以外ならいつ見捨てられてもおかしくないような汚い言葉を浴びせかけていた。

最初は二人だけのパーティーで素直にクレイスに甘えられたのに、今ではそれも出来ない。そのストレスでクレイスにキツくあたってしまい自己嫌悪に陥る、その繰り返しだった。
何より、ロンドがクレイスのことを悪く言う事が不快で堪らない。
こんな奴要らなかったのに。
それが私の紛れもない醜い本心だった。クレイスと二人だけで良かった。
彼が裏切ることなんてないのに、そんな最悪な想像が頭を離れない。
今の私は私自身を信じきれていなかった。
クレイスを前にすると自分を抑えきれない。
その理由は明白だ。〝約束の日〟が近づいてきている。
ねぇ、クレイス。憶えているよね？
ずっと待ってたんだから。伝えてくれるよね？
その日が近づくにつれ、感情は千々に乱れ今では最高潮に達していた。
私が何よりも欲しかったものが手に入る——はずだ。
あの日、クレイスが言ってくれたことは、私の心の中に今でも燦然と煌めいている。
だからこそ、恐かった。
クレイスが約束を忘れていたら？
クレイスの言う言葉が私の望んでいるものと違っていたら？
私の心が壊れるだろう。既にもう限界だった。
彼に対して言葉を選ぶことすら出来ない程に毎日激情の嵐が吹き荒れている。

彼に見て欲しくて、構って欲しくて、忘れないでいて欲しくて、私の口からは思ってもいないような本心と裏腹な言葉ばかりが零れ続けてしまう。

それをクレイスはいつも困ったような表情で受け止めていた。

もう私は、彼を好きすぎて自分の心を制御できなくなっていた。

初めて出会った日、クレイスは裏切られて今にも死にそうな目をしていた。

虚ろな瞳で、私を見ていたクレイスを守りたいと思った。

絶対に自分が彼を救うんだと決意した。

なのに今は、自分が彼を傷つけて、同じことをしている。

十年以上、ただただその日だけを待ち焦がれてきた。

キスして欲しかった。抱かれたかった。触れあって——もっと繋がりたかった。

でも、あの日、二人で交わした約束が枷となる。

私が成人するまで、〝そういうことはしない〟。

大切な二人の誓い。これまでの日々はその為にあり、その日を境に私とクレイスの関係は変わっていく。

私の十八歳の誕生日。

その日が誕生日なことはロンドには教えていない。

あんな気持ち悪い奴に教えるつもりもない。

だって、絶対に邪魔されたくなかったから。

クレイスと結ばれるその日を。

だから、信じて良いよねクレイス？

あの日、彼を救いたいと願った。

でも今は、この現実から、棘だらけの茨で雁字搦め（がんじがらめ）の私の心を、早く解放して欲しかった。

◇　◇　◇

冒険者ギルドというのは、概ねどこもそうだろうが喧騒に満ちている。

ハンターという人種はトラブルや衝突も常である。罵声や歓声など、常にけたたましい騒音が鳴り響いている。仮に静かな冒険者ギルドなどというものがあったら、それはもうそのギルドが役割を終えているのだろう。

ギルドに足を踏み入れると、目的の人物はすぐに見つかった。

「マイナさん、ちょっと聞きたいことがあるんだけどいい？」

小顔でくりくりとした目が印象的な女の子……ではなく女性である。

このギルドでも一番人気の受付嬢だが、幼く見える容姿に反して、立派な社会人だ。百戦錬磨のハンターに一歩も引かない胆力も兼ね備えていて、いつも明るい。

「あら、こんにちは。本日はどのようなご用件ですか？　ドラゴンでも狩ってきちゃいました？」

「そんな気軽に狩ってこられるものじゃないけど。私の勘違いかしら……」

「どうも最近新人の冒険者なのにとんでもない力を持っているハンターがフラっと現れて、狩ってきたドラゴンを換金してくれ、なんてギルド都市伝説がアチコチで聞こえてくるものですから」

「そんなスゴイハンターがいたらSランクあがったりでしょ」

少なくとも単独でドラゴンを狩れるような冒険者など、Sランクにも殆どいない。

「まったくです。主に辺境のギルドに出没するらしいのですが、それだけのことをやらかしておいて、『またなんかやっちゃいました？』とか、自分のことをまったくスゴイと思ってないような台詞を言うんですって。非常識すぎますよね！」

「ぶん殴りたいわね。そのうち、会えたりするのかしら？」

「うーん、あんまりそんな非常識なハンターさんがうちのギルドに来られると、換金に使用出来る予算も有限ですし困っちゃいますね。あ、そうだ！　ところで、本日はどのようなご用件でしたか？」

思わず脱線してしまったが、本題はそんな与太話ではない。

「えっと、あのクレイスのことなんだけど……」

「クレイスさんですか？　そういえばニウラさんとザ――ッ！」

慌ててマイナが口を抑える。

（そういえばクレイスさんって、黒蘭蝶貝を取りに行ってるんだった。それはきっとヒノカさんには言わない方が良いわよね？　サプライズだろうし……）

「ク、クレイスさんだったら、もう数日したら帰ってくると思いますよ。何処に行ってるのかは……

すみません、ちょっと言えないんです」

「え、そんな重要な依頼なの？」

「あはは。そ、そうですね……重要といえば重要なのですが、依頼自体は別にそうでもないような」

「ごめん、全然分からない」

曖昧な答えに眉を顰(ひそ)める。

「あ、でも安心してください！　ヒノカさんが心配することなんてありませんよ。むしろ良いことが起こるというか、そうドーンと構えてればいいんです」

「いったいなんの話なのよ！　クレイスはなにをやっているの？」

「クレイスさんなら大丈夫ですよ！　だから信じてあげてくださいね！」

「それは……まぁ、いつも信じてるけど……」

ボソッと「うわぁ、砂糖吐きそう。砂糖高級品なのに」というマイナの声が聞こえた気がしたが、気にしてはいられない。

「なぁ、剣聖の嬢ちゃん、用事は終わったか？　どうだいこれから俺達に付き合わないか？」

「そういうの間に合ってます。あ、近づいたら殺すんで」

「ヒィ!?」

クレイス以外の人と付き合うわけないでしょ！

うっかり殺気をぶつけてしまった所為(せい)か、声を掛けてきたハンターが怯えていた。

やりすぎたらしいが、とはいえ、それもどうでもいいことだ。

私にとっての優先順位はクレイスだけだ。それ以外は細事にすぎない。

とにかく、クレイスが数日後に帰ってくることが分かっただけでも収穫だった。なにか大変なことをやっているみたいだが、マイナのあの様子なら危険があるようには感じられない。後はクレイスに聞けば良いだろう。

そう納得して、私はギルドを後にした。

◇　　　◇　　　◇

(今日こそ帰ってくるよね？)

私は祈るような気持ちで小走りにギルドに向かう。

ここ数日、いよいよもって不安ばかりが募っていく日々だった。

約束の日、私の誕生日はもう五日後に迫っている。

もし、このままクレイスが帰ってこなかったら？

私を見限って、他の女性と……ないない！　クレイスに限ってあるはずない！

大丈夫、クレイスはきっと忘れてない。あの日の〝答え〟をくれるはずだ。

キュッと身体に力が入る。エンシェントドラゴンを前にしても動じない自分が、信じられないくらい震えている。

「あれ、クレイス……？」

冒険者ギルドから百メートル程先、商店が立ち並び賑わう大通りの中に、クレイスの姿を見つける。

──良かった、帰って来てくれたんだ。

ホッと、全身から力が抜けるのを感じていた。

久しぶりに見たクレイスは、相変わらず格好良くて誰よりも素敵だった。

もう一人、シーフだろうか冒険者然とした格好の女と何やら親しげに話している。

その女は、軽装をしている分、その健康的な魅力が全身から発散されていた。

ギリギリと、胸が締め付けられる。

あの人がニウラ？　クレイスとどういう関係なの？

私のクレイスに色目使うのは止めてくれないかな……。

聞こえるはずもない思念を送りながら、私は通りの端に寄り柱の陰に隠れてその様子を覗いていた。傍からみれば不審者にしか見えなかったが、そんなことを気にしている余裕など今の私には一切ない。

「──ッ！」

それはありないはずの現実だった。

夢だろうか、だとしたらそれは私にとって最悪の悪夢に違いない。

でもそれが例え悪夢であっても、夢ならばどれだけマシだっただろうか。

しばらく会話をしていたかと思うと、突然クレイスがニウラを抱きしめたのだ。

「な……んで……？」

呆然と立ち尽くす。

クレイスは私に答えをくれるんじゃなかったの？

クレイスがくれようとしている答えが、自分の望むものではない可能性。

クレイスに酷いことを言っていた醜い自分の姿を思い出す。

「信じてあげてくださいね！」

ふと、脳裏にマイナの言葉がよぎる。

クレイスを信じたい。でも、クレイスとニウラが抱き合っていた光景も、そして自分がクレイスに酷い態度を取っていたのも紛れもない現実だった。

真っ青になりながら、フラフラとした足取りで、私は引き返した。

◇　◇　◇

「はぁはぁ、落ち着け俺。大丈夫、冷静になるんだ。エメラルドドラゴンの前に立った時だって、こんなに緊張しなかっただろ」

高まり続ける心拍数をなんとか落ち着けながら、気合を入れる。

ヒノカとの出会いは六歳のときだった。

島から追い出されたクレイスは持ち出すことが許された僅かばかりのお金を持って、帝都から遠く離れたママルという小さな村で暮らすことになった。

母からは冒険者になれと言われたが、その頃のクレイスは、マーリーの裏切りに呆然自失となっており、生きる気力を失っていた。

そんなクレイスを救ったのが、隣の家に住んでいた自分と同じ年齢の少女、ヒノカだった。

ヒノカは優しい少女だった。初対面で、いきなり抱きしめられたクレイスは、初めて感じる少女の体温と優しさに安心感を憶えた。

きっと放っておけないと思ったのかもしれない。その温もりにクレイスは涙した。泣こうと思ったわけではなかったが、涙が止まらなかったのだ。ようやく泣き止んだクレイスが頭を離すと、そこで初めて二人は言葉を交わした。

「ご、ごめんね？　いきなり恥ずかしいところを見せちゃって。僕はクレイス」

「わたし、ヒノカ！　大丈夫。クレイスは、わたしが守ってあげる！」

その屈託のない笑顔はクレイスにはあまりにも眩しくて――

クレイスは初めて「恋」をした。

「懐かしいなぁ。あれから十二年、待たせすぎたよな」

そんな甘い記憶を思い出す。

だが、それも今日で終わりだ。

綺麗な包装を施した小さな小箱をそっと手の中に包み込んで、大きく息を吐く。

クレイスは勇気を振り絞って、ヒノカの部屋のドアを叩いた。

「えっと、ヒノカ。話があるんだけど良いかな？」

「……なに？」

クレイスは内心で葛藤していた。ザックラブから帰ってきた後、二回ヒノカと顔を合わせたが、避けられているのを感じていた。

そして今、部屋から出てきてくれたヒノカの顔は真っ青で憔悴している。

（これは……やっぱり無理だよな）

淡い希望は即座に打ち砕かれた。

だが、ここまで来て逃げるわけにもいかない。

「あのさ、聞いて欲しいことがあるんだ。今日、ヒノカの誕生日だよね？」

「……それがなに？」

ビクリと、ヒノカの身体が震えたのが分かった。

「約束、憶えているかな？　もう随分昔の話だけど、ヒノカが十八歳になったら言おうと思っていたことがあるんだ。俺――」

「帰って」

「え？」

「分からない？　帰ってって言ってるの！」

キッとヒノカの眼差しが鋭くなる。

「聞きたくない！　クレイスの言葉なんて聞きたくない！　なんで！　どうして私じゃ駄目だった

の？　クレイスは私を裏切ってたの⁉」

　想像していた告白とは全く異なる流れに、困惑を隠せない。

　ヒノカは支離滅裂なことを言いながら、クレイスを遠ざける。

「ごめん、ヒノカ言ってることが分からない。どうしたの？　何かあった？」

「それはクレイスの方でしょ！　私に何を言おうとしているの⁉」

「そうだ、渡したいモノがあるんだ。これを――」

「だからもういいって言ってるでしょ！」

　パンっと、綺麗に包装されていた小箱がヒノカの手によって弾かれる。

　乾いた音を立てて床に落ちるソレを、ただ見ていることしか出来なかった。

（そうか、もうここまでヒノカの心は離れていたのか）

　フッと、憑き物が落ちたように理解した。

　ここまで拒絶されるとは思っていなかった。

　フラれるにしても、せめて話くらいは聞いてくれるだろうと思っていた。

　それは自分の甘えだったのかもしれない。

（ここまで嫌われたら、もうパーティーは続けられないな）

「そっか、ごめんヒノカ。調子悪そうだったのに付き合わせて。分かった。次のクエストが終わったら、俺はパーティーを抜けるよ」

「……え？」

まるで正気に戻ったかのように、激高していたヒノカが動きを止める。

「そうだな、でも俺、冒険者以外でやりたいことなんてないんだよな。ハハ、村にでも帰ろうかな。でも、何処か遠くへ行くのもいいかもしれない」

「……なんで……え？　……辞めるって……？」

「俺が悪かったんだよな。ここまで嫌われているのに一緒にパーティーは組めない。ホント俺、鈍感っていうか空気が読めないっていうか、そういう機微に疎くてさ。不快にさせてごめん！」

「なに言ってるの……？　ク、クレイスは私のことがキラ――」

ヒノカがその言葉を飲み込む。それが何故なのか、少しでも冷静に考える頭があれば違った未来があったかもしれない。

ただヒノカと同じようにクレイスもまた悲しさと辛さで限界だった。

この場から逃げたかった。勇気を振り絞って、そして使い果たしていた。

真っ直ぐにヒノカを見つめ、震える声を絞り出していく。

「だからヒノカ、今日までありがとう。ずっと一緒にいてくれてありがとう」

――少年が抱き続けた十二年間の初恋は終わった。

◇

「だからヒノカ、今日までありがとう。ずっと一緒にいてくれてありがとう」

「あっ……待っ――」

言葉にならない言葉が漏れる。

クレイスは背を向けると、床に落ちたナニカを拾って走っていく。

本能が、その背中を追いかけるべきだと警告していた。

でも、否定されるのが怖くて震える足が動かなった。

最後に見たクレイスの顔は、最初に出会ったあの日より酷くて、そんな顔を私がさせてしまったという事実が、ただひたすらに胸を締め付ける。

どうして泣いているのクレイス？

クレイスはあの女が好きじゃなかったの？

ロンドに会うと、度々クレイスが浮気をしていると言っていた。最初は信じていたわけではなかったが、徐々に不安は積み重なっていった。そこで見てしまったのが、クレイスがニウラと抱き合っている光景だった。

私じゃない誰かがクレイスの心を奪った。

そのことに耐えきれなくて、クレイスを拒否してしまった。

後悔と慚愧。

手に入るはずだった幸せが、スルリと零れ落ちていくのを感じて、私の目から涙が零れた。

◇　　◇　　◇

かれこれ既に出発から二時間以上、森の中を進んでいる。

魔物と遭遇することもあるが、現在は対処に困るような事態にはなっていない。

警戒を緩めるつもりもないが、気になるのは森の様子ではなく別のことだった。

(なにかあったのは間違いなさそうだな)

ロンドは胸中でニヤリと笑った。

【エインヘリアル】は、調査依頼でアンドラ大森林に向かっていた。

アンドラ大森林とは、帝国の南西にある広大な大森林である。

湿潤で気候が安定していることから、エクラリウス帝国は肥沃な大地を持つ。

この地域は降水量が多いことから、木々の発育も逞しく、太陽を遮るように幾つもの大きな枝が伸びている。まだ明るい時刻にも関わらず、森林内は薄暗かった。

大森林を抜けると、工業都市ドドマンカに出られる。

錬金術と鍛冶・精錬技術に特化しており、ドドマンカ製の武器や防具は質が高く、冒険者から圧倒的な人気がある。技術の粋を用いたインフラは街を潤し、活力に満ちている大都市の一つである。

ドドマンカまでは街道が整備されており、定期的に街道付近の魔物も間引かれていることから滅多なことは起きないのだが、最近になって本来街道付近には出ないような強さを持つ魔物の出現報告が急増していた。

万が一、危険な魔物と遭遇する可能性がある為、Sランクパーティーである【エインヘリアル】にアンドラ大森林の調査依頼が回ってきたのだった。

調査依頼の為、重要視されるのは討伐ではなく、現状確認と報告である。

危険な魔物を発見すれば、そのまま引き返してギルドに伝える。それで終わりの言ってしまえば楽な依頼だった。

発見された魔物によっては、大規模な討伐隊が編成されることになるが、それはまた別の話である。改めて討伐依頼があったときにでも考えればいい。

そっと視線を移す。どうにも、クレイスとヒノカの様子がおかしい。

必要なこと以外、何も会話していない。

二人からは、これまでに見たことがないピリピリとした緊張感が漂っていた。

（いよいよコイツを使う日が来たかもしれねぇ）

それはロンドが、いざというときの為に用意しておいた仕込みの一つだった。

腰布の中に入れてある小瓶にそっと触れる。

歩くのに邪魔な草を剣で刈りながら、タイミングを伺う。

もうすぐ休憩を取る。見張りの当番をあの二人に任せよう。

あの様子だと張り詰めた緊張の糸が切れるかもしれない。

決行するのは、今夜だ。

◇　　　◇　　　◇

パチパチと篝火（かがりび）が音を立てる。

辺りは既に暗くなり、夜の帳(とばり)が下りている。

向かいにはヒノカが膝を抱えて座っていた。

周囲への警戒はしているだろうが、ずっと俯いて塞ぎ込んでいる。

河口に陣取り、俺とヒノカは見張りを担当していた。

ロンドは少し離れた木陰で休んでいるはずだ。

「何事もなく終わると良いな」

「…………」

返ってきたのは静寂だった。

この至近距離だ。聞こえてはいるだろうが無視されている。

アンドラ大森林に来てからというもの、というより、あの日以降、ヒノカはずっとこんな調子だった。何度か話しかけてみるのだが、まるで相手にされていない。

「なぁ、ヒノカ。俺達これで最後なんだ。最後くらい楽しくやらないか？」

ヒノカがゆっくりこちらに虚ろな視線を向けてくる。

「……なに……最後って……？」

反応が返ってきたことに少しだけ嬉しくなり、言葉を続ける。

「言っただろ。このクエストが終われば俺はパーティーを抜ける。だからこれがヒノカとの最後のクエストになるんだ」

「…………」

今度は返ってこない。沈黙をかき消すように重ねる。

「憶えてるか？　二人で初めてのクエストに行ったとき、単なる薬草の採集なのに俺達、森の中で迷って、そのときもこうして二人で篝火を囲んでいたよな」

それは遙か昔の記憶。だが、俺にとって掛け替えのない思い出だ。

ヒノカのことが好きだった。だからこそここまで来ることができた。

「危険の少ない場所だったから良かったけど、どうなるのかヒヤヒヤしたよ」

「クレイスが悪いんでしょ。地図の読み方も分からないなんて」

「それはヒノカもだろ？」

自信満々に私に任せなさい！　と言いながら進んでいくヒノカについていくと、そこは目的地とは大きくかけ離れた場所だった。地図が読めなかったから勘で進んでいたらしい。冒険者にあるまじき大失態であり、なんとも無謀な話だ。

だが、そんな経験を幾つも積み重ねてSランクまで至った。

このクエストを最後に俺は冒険者を辞めるつもりだが、それは誇って良いだろう。

「これからも応援してるよ。ヒノカならきっと何処までもいけるさ」

「なん……で？　どうしてそんなことが言えるの？　クレイスはそれで良いの？」

良い訳ないだろ！

と、叫びたかったが、俺にその資格はない。

あの日、いやそのずっと前から、ヒノカが俺に冷たく接するようになっていった頃から、こうなる運命だったのだから。

「ヒノカが俺を嫌っていることは分かってる。でも、俺はそれでも――！」

「分かってない、クレイスは何も分かってないよ！　ずっと私だけだったのに……私だけがクレイスの傍に居たのに！」

ヒノカが狼狽し立ち上がる。

不味い、森の中で大声を上げるのは危険だ。

俺も立ち上がり、慌ててヒノカに近寄る。

「落ち着け。ごめん昔の話なんて嫌だったよな。変なこと思い出させて悪かった」

「クレイス、私達の十二年間は何だったの？　教えてよ！　私は貴方の何なの⁉」

慌てて宥めようとするが、それは逆効果だった。

「ヒノカ！　こんなところで大声なんて出したらどうなるか分かるだろ？」

「……もう嫌だよクレイス、こんなに苦しいのはもう耐えられない！」

更に一歩、ヒノカに近づく。

「――来ないで！」

ヒュンっと、目にも止まらぬ速さで白刃がひらめいた。

「――ッ！」

それがヒノカが咄嗟に振るった短剣であることに気づいたときには、俺の右腕は真っ赤に染まっていた。拳を握ってみる。傷は浅いようだが、だからといって放っておいて良いものでもない。腱が切れてないのが幸いだが、回復ポーションを使う必要があるだろう。

「──う、嘘⁉　……なんで……どうして……私……が……クレイスを……」

ヒノカは茫然自失となり、短剣を取り落とす。

自分がしたことが信じられないとばかりに動揺している。

「いつから、こんなに嫌われてたんだろうな俺。楽しくやれてたと思ってたんだ。クソ……俺の独りよがりな勘違いだよなそんなの。俺もう行くよ。ここに俺がいると、嫌だろ？」

「ちが、違うのクレイス……ごめんなさい……悪いのは私で！」

「もういいんだ無理しなくて。極力ヒノカには話しかけないから許してくれ」

「──だから違うの！　そうじゃない！」

ここまで嫌われているのなら、もう言葉は届かないだろう。離れるしかない。

いつからか、俺とヒノカの道はすれ違っていた。

「クレイス、どうして裏切ったの⁉　私は、私はクレイスのことがずっと──」

背筋にゾクリと悪寒が走った。

「──魔物の気配だ！　かなり多いぞ！　こっちに向かってる」

ヒノカの言葉を遮るように俺達の下に複数の魔物が近づいてきていた。

「ロンドに伝えてくる！　ヒノカ、君は安全な場所まで走れ！」

俺はヒノカを振り返らずに走り出した。

◇

遠目にヒノカとクレイスが何かを言い争っているのが見えた。

会話の内容こそ分からないが、かなり深刻そうな雰囲気だ。

「ここしかねぇな！」

その光景から目を離し、危険な行為だが覚悟を決める。

この混乱に乗じてクレイスを殺す。

ロンドは腰袋の中から、小瓶を取り出しその中身をぶち撒けた。

後は、流れ次第だが、上手くやればいい。

あの女の全てを貪り尽くして、いつでも股を開く従順な女にしてやろう。

ドス暗い笑みを浮かべ、悪意が世界を塗り替えていく。


【魔寄せの香】

魔物を引き寄せる興奮剤。

それは本来、テイマーなどが弱い魔物(スライム)などを大量に確保したいときに使うものであり、その危険性から使い道が極めて限定されている代物だった。ましてや、このような魔物の巣窟である森で使うなど常軌を逸した行動と言えた。

しかし、欲望に支配されたロンドには、そんなこと関係なかった。

◇

ヒノカの後を追い、ロンドと駆け出す。

「何故だ！　何故いきなり魔物がこっちに⁉」

「分からねぇ！　クレイス何か気づかなかったか？」

「いや、突然気配がこっちに……！」

「――ッチ！　思ったより数が多いな。なんだフォレストウルフか？」

魔物の気配はクレイス達を執拗に追いかけてきている。

まるで狙いを定めているかのような正確さだった。

（おかしい！　これほど正確に向かってくることなんてあるのか？　まるで何かに引き寄せられているような……）

呪いやアイテムなどで魔物を引き寄せる効果を持つモノがあるが、それをこんな場所で誰かが使うなど考えられない。だとすれば他に何か魔物を刺激して引き付けるようなナニかがあるはずだ。

そう、まるで血のような――。

「しまった！」

「どうしたクレイス？」

魔物はクレイスの血の匂いに反応していた。

急な事態に回復するのを忘れていた。クレイスの右腕からは未だに血が流れ続けている。

「すまない、俺が原因だ！　魔物は俺の血の匂いを追ってきている！」

「クレイス！　いつお前怪我したんだ？」

「――ッ！　スマン、俺の不注意だ」

仲間であるヒノカに斬られたとは到底言えない。

ヒノカはこれからもこのパーティーで冒険者を続けていく。ヒノカの立場を悪くするようなことを言えるはずがなかった。

（クエストに影響が出るようだと、もう無理だな……）

ヒノカに斬りつけられ、それが原因で魔物を集めてしまった。

こんなことが起こるようなら、今後続けていくことは不可能だ。

血を流しすぎたからだろう。右手の握力が弱くなっている。長くは剣を振れない。

「敵は俺を追ってる！　俺が囮になるしかない！」

覚悟を決める。この場を乗り切るには必要な選択だ。

「ククク……お前はそういう奴だよなクレイス。だから、ここで死ね」

雨が降り始めていた。

冷たい雫が、背中を伝っていく。

「え……？」

強くなる雨脚に血の匂いが途絶えたからだろう。

魔物が追いかけてくる速度が遅くなり、若干の余裕が生まれる。

そして、ロンドの手に持ったナイフがクレイスの胸に突き刺さった。

闇夜を引き裂く咆哮がアンドラ大森林に響き渡る。

「――馬鹿な⁉　タイラントウルフだと！」

遠目にしか見えないが、魔物はフォレストウルフではなくタイラントウルフだった。それは街に近いこのような浅い場所にいるはずのない大物である。

討伐ランクD程度のフォレストウルフに対して、タイラントウルフの討伐ランクはA。フォレストウルフに比べてその体長は二倍以上大きい。熟練のハンターでも相手をするのが厳しい難敵だった。加えてウルフ種は群れで行動する。

タイラントウルフはこの一体だけではない。周囲に魔物の気配が満ちつつある。それら全てがタイラントウルフである可能性すらあった。本来であれば、大規模な討伐隊を率いて入念に準備を重ねて挑まなければならない事態だ。

「さっさと逃げるしかねぇか」

倒れ伏し、血を吐き出しながらのたうち回るクレイスをロンドが冷静に見下ろす。

「なぁ、クレイス。お前なんで魔物が寄ってきたか分かるか？」

「カハ……ッ！　ロンド……な……ぜ……」

クックッと、ロンドがこれまで見せたことがない嗜虐（しぎゃく）的な笑みを浮かべる。

「あれな。俺がやったんだよ。俺が【魔寄せの香】を使ったんだ」

魔寄せの香？　痛みで頭が回らない。

溢れだす大量の血が、辺りを変色させていく。

「タイラントウルフが出てきたのは完全に予想外だったがな。いったいこの森で何が起こってるんだか――」

「かひゅ………ごぷっ…………」

「クレイス、お前その腕の怪我はどうしたんだ？」

ロンドは一部始終を見ていた。

「俺が【魔寄せの香】を使って魔物を呼び寄せた。お前はヒノカに腕を斬られて出血していた。どういうことか分かるか？」

ヒノカ……あの……優しいヒノカ……が……俺を……？

「クレイス、俺はヒノカと付き合ってるんだ」

唐突な告白にクレイスが目を見開く。

「お前がいない間、俺達は愛し合っていた。アイツ、俺のを口でしゃぶるのが大好きなんだぜ？　知らなかっただろ？」

これまでヒノカはそんな素振りを見せたことは一切ない。

隠れて付き合っていたのか？　なんの為に？

もし、ヒノカが本当にロンドと付き合っていたのだとしても、隠す必要がない。

「お前が俺の為に残しておいてくれたアイツの処女、美味かったぜ。締まりも最高で思わず中で出しちまったよ。アイツ今頃俺のガキを孕んでるかもな。今から腹が膨らんだヒノカを見るのが楽しみだ。アハハハ！　クレイス、アイツは俺に子宮を捧げたんだよ！　本当は全部お前にあげたかったんじゃないか？　でも、お前が何もしないから愛想を尽かしたんだろ。アイツが選んだのは俺だ！この俺なんだよ！　何もかも奪ってやった！　ギャハハハハハハハハハハハハハハ！」

あまりにも醜悪で悪辣なロンドの言葉がクレイスの精神を蹂躙していく。

「ロ……ンド……お……まえ……が……」

地面に溜まった冷たい水が、クレイスの体温を奪っていく。

「ゆる……さ……ない……」

仲間が自分を殺そうとしているなど信じられなかった。

「お前が目障りだった。お前みたいなゴミが【勇者】の俺達と一緒にいられると思ったか？　ゴミはゴミらしく今みたいに底辺を這いつくばっていればいいんだよ！」

ロンドがクレイスの身体を蹴り飛ばした。間髪入れずに喉に一撃を入れられ、最早、声すら挙げられなくなる。

「――ガッ！」

「いつかお前を殺してやろうと思って準備をしてたんだ。あぁ、心配するな。ヒノカはこれからも俺が可愛がって、ゆっくり俺好みの女にしてやる」

ロンドの悪意はなおも紡がれ続ける。

「お前は負け犬だクレイス。誰も何も守れない。お前がやったことは俺にヒノカを寝取られただけだ。アイツの心も身体も俺に明け渡しただけだ。これからも孕ませ続けてやるよ！　どうだ悔しいか？　その顔を見たかったんだよ！　笑えるよな？　笑えるだろ？　笑えよクレイス！　最高に愉快だ。負け犬。好きだった女を寝取られた気分はどうだ？　だからわざわざこんな回りくどいことをしてやったんだよ！　感謝しろよ」

クレイスは激情に駆られていた。握り締めた拳からは血が噴き出していた。

しかしクレイスにはロンドを殴ることも、声を挙げることすら出来ない。

ロンドが剣でクレイスの足を潰す。

「グハッ……」

腱を断られた。自ら立ち上がることすら叶わないだろう。

何度も何度も身体に剣を突き刺された。

「ヒノカの喘いでる声をお前に聞かせてやれないのは残念だが、お前はそこでタイラントウルフの餌にでもなってろ。良かったな唯一最後にパーティーに貢献出来て。俺様の慈悲でギルドにはお前の死にざまは立派だったと伝えておいてやる！」

クレイスを見下し、唾を吐きかける。

「そろそろ本当にお別れだ。惨めなクレイス。哀れなクレイス。クソみたいなゴミクズだったが、精々囮として残りの人生を全うしてくれ」

ロンドが立ち去ろうとする。

「じゃあな。クレイス――」

そしてロンドは悪魔じみた笑顔を浮かべた。

「ざまぁ」

◇　◇　◇

「ぐあぁ――！」

ロンドが絶叫を挙げた。

遠くを走っていたヒノカが振り返る。

ロンドは加速し素早くヒノカに追いつくと、矢継ぎ早に続ける。

「攻撃を受けた！　もうアイツは助からない！」

「そんな⁉　い、いや！　そんなのありえない――！」

「魔物はタイラントウルフだったんだ！　クレイスは一撃で……」

「――戻らなきゃ！　だってクレイスは私のせいで！」

絞り出すようにロンドは声を荒げた。

「お前までこんなところで死んでどうする！」

事態は一刻を争う。ここで問答をしている時間はなかった。

「でも、クレイスが⁉　クレイスが死んじゃう！」

「クレイスはもう死んでる！　ヒノカ、アイツは他の女と浮気してたんだぞ！　お前が犠牲になってまで助ける価値なんてない最低のクズだ！　逃げるぞ！」

「――ッ⁉」

ロンドがヒノカの手を引っ張る。

「クレイス…………！」

涙で顔をクシャクシャにしながら、ヒノカは踵を返して走り出した。

◇　◇　◇

クレイスは朦朧とする意識の中、その姿を遠巻きに見ていた。
ロンドはわざと絶叫を挙げて、さも攻撃を受けたかのように演じただけだった。
一瞬、ヒノカがこちらを振り向いたような気がした。
だが、結局ロンドと一緒に走り去ってしまった。
あぁ、本当に捨てられ裏切られたのか。
ここで殺す為に全て利用されていただけだった。
絶望がクレイスの心を覆い尽くしていく。
「――チ――クショウ――」
俺より……あんな奴が……良かったのかよ……。
全身から止めどない血が溢れ出していた。
勢いを増す雨と混ざり合い、ただ流れ落ちていく。
島から出て十二年間、結局クレイスの人生は裏切られる為にあった。
二人で交わした約束を守りたいだけだった。
その笑顔は宝石のように眩しくて、大切にしたかった。

愛しい人に傍にいて欲しいと願うだけの、たった一つ望んだ幸せさえ手に入らなかった。

裏切られ、踏みにじられ、家から追放されたときのリプレイがそこにあった。

クレイスは力が欲しいと思ったことがなかった。

家にいた頃は、力を持つ者があまりにも醜悪に見えて潜在的に拒否感を持っていた。ヒノカと一緒に冒険者になってからは、Sランクを目指したが、それはヒノカの隣に立ちたかったからであり、力そのものを望んでいたわけではなかった。

ヒノカと一緒なら、クレイスにはなんでも良かった。ただ母の言葉に従ってハンターになり、自由を欲しただけで、目指すべき何かがそこにあったわけではない。

母は間違っていたのだと今更ながらクレイスは気づいた。

心から信じられる人も、心から好きになった人も、自分を裏切って去って行った。

今自分は一人でこんなところに倒れ伏し、これから訪れる確実な死を待つことしか出来ない。

【聖杯】などという大層な名前のギフトはクレイスに何も与えてくれない。

クレイスは生まれて初めて狂おしい程の衝動に駆られた。

——力への強い渇望
もう仲間も恋人も誰も要らない。

誰も信じない。俺は一人でいい。

ただただ、自分を裏切った奴等に復讐するだけの力が欲しかった。

なんでもいい。このクソみたいな世界をぶっ壊すだけの力。

あぁ、そうか。

このギフトはそのための——

「【Grant】」

クレイスは気づく。

力を心から望んだ瞬間、初めて【聖杯】のギフトを理解した。

初めての触れるギフトの力。しかしクレイスはその力に、何処か懐かしさを感じていた。

最初から分かっていたことじゃないか。

ギフトを与えるギフト。誰に？　周りには誰もいないのに。

誰にその力を与える？　誰も助けになんてこない。

今この場にいるのは自分一人だけだ。もう一度問いかける。

力は誰が望むのか？

ギフトは授かった者に力を与える。

力を望まなかったクレイスにギフトが呼応しないのも当然のことだった。

だが、それに気づくのが遅すぎた。気づいたときには全てが手遅れになっていた。

周囲を興奮で呼吸を荒くしたタイラントウルフの群れが囲んでいた。

クレイスは、おもむろに立ち上がる。

ちょうどいい。こいつらで試してみよう。

クレイスの身体に触れた雨粒が、その熱に蒸気となって消え失せる。

クレイスの身体からは一切の傷が消えていた。

潰された脚も喉も、なにもかもが元通りだ。

【聖杯】は、ギフトを授けるギフト。

あらん限り自らにギフトを付与していく。

【聖女】ギフトが身体を癒し、【賢者】のギフトによって獲得した英知と膨大な魔力が体内を循環する。【剣聖】のギフトが五感を鋭敏に作り替え、遥かなる高みへ至る技量をもたらす。そして【勇者】のギフトにより手に入れたタフな身体と、極大の破壊力。ありとあらゆる途方もない力。

身体の中を蠢く無形の圧力が、皮膚を破って吹き出してしまいそうな圧倒的な陶酔感。なんて馬鹿馬鹿しいギフトだと自嘲する。


――もう全部俺一人でいいんじゃないか？


最初から仲間など要らなかった、誰かを信頼する必要などなかった。

好きになったことが間違いだった。自分だけを信じていれば良かった。

悲痛に満ちたその結論は、裏切られ続けたクレイスにはただただ心地よかった。

俺は俺を裏切らない。

この場を切り抜けるのに何が必要だ？　これでもまだ足りない？

あぁ、そうだ。足りなければ足りない分、幾らでもギフトを付与すればいい。

「あははははははは！　何を悩んでたんだ俺は！　敵は殺せばいいだけじゃないか。どうせ誰でも裏切るんだ！　誰も要らない！　俺だけ我慢する必要なんてない。あはははははは！」

狂ったようにクレイスは笑い続ける。

いや、その姿はとうに狂っていた。

「餌になってやれなくて残念だったな」

「【開門】」

「ムカつく力だが、それでいいさ」

クレイスの頭上に巨大な穴が開く。

そこから、この世のものとは思えない程、禍々しい槍が姿を見せる。

事実それは、決してこの世に存在して良いものではない。

『異界』を開く力。そこから召喚する神器と呼ばれる武器の力は想像を絶する。

そして神器とは、あまりに強力すぎるが故に、長時間現実世界に顕現させ続けることは出来ない。

この世界に実存している勇者が使う聖剣がクラス４なのに対して、神器は遥かにそれを上回る力を持っている。

『――クラス７――極式・神殺破重槍ヴァンタレイ』

「ダサいオモチャとはいえ、こんなもんでもないよりはマシか」

「お前らも俺を殺したいんだろ？」

「俺もだよ」

一閃すると、先頭にいたタイラントウルフが消し飛んだ。

◇　◇　◇

宿の一室。

森から抜け出し、クレイスの死を受け入れられないまま憔悴している私に、誰かが温かいミルクを差し入れてくれる。本当は何も口にしたくなかった。

ただそれを飲むことで気持ちが楽になると耳元で囁かれ、自暴自棄になっていた私は何も頭で考えられず、一口だけ口に含む。

なんの味もしない。けれど、徐々に意識が朦朧となり、私は気を失う。

誰かが私の上に裸で跨っていた。そして、どうして私は裸なんだろう？

（アレ……私……なにを……ナニヲ…………？）

意識が混濁する中、私は成す術もなく身を委ねることしか出来ない。

おぞましい感触が身体を蹂躙し、貪られていく。

ベッドの上で正気を取り戻したとき、私はクレイスに捧げるはずだった全てを失っていた。私が大人になるまで、クレイスが大切にしようとしてくれていたモノ。

ズキリと下腹部に痛みを感じる。

それがもう取り返しのつかない痛みだと、気が付くことを心が拒否していた。

――私はなにをされた？

――思い出してはいけない。

――思い出してはイケナイ……

――私はロンドに……

――ワタシノ……

◇　　◇　　◇

「そんな！　タイラントウルフの群れが⁉」

ギルドに帰ってきたロンド達は調査結果を報告していた。

事態はかなり深刻であり、ギルド内は大騒動になっている。

ギルド職員達だけではなく、他のハンター達も固唾を飲んで報告を聞いていた。

緊急事態であり、近いうちにハンター達にも招集が掛かるのは明らかだった。

急いで討伐隊を編成しなければ、甚大な被害を及ぼす結果になる。

「今すぐ他のギルドにも応援要請を出して。それとアンドラ大森林の詳細な地図と手の空いているハンターに連絡をお願い！　騎士団にも急いで報告を――」

「は、はい！」

テキパキと部下に指示を出していくマイナを尻目に、ギルドマスターのローレンスが重い口を開いた。

「それで、クレイスは攻撃を受けて動けない自分を囮にして、君達を逃がしたというのか？」

「脚を怪我して逃げられないと悟ったんだろう。自分が囮になるから逃げろと俺の背中を押したんです。アイツは良いヤツだったのに！　クソ！」

ロンド渾身の演技だった。

ことここにくると、現れた魔物がタイラントウルフであることが功を奏した。

フォレストウルフであれば、クレイスを連れて逃げ切れたのでないかという疑念を持たれるかもしれないが、討伐ランクAの魔物の群れならばそうはいかない。

大規模な討伐隊を組んだとしても犠牲を出さずにはいられない相手だからだ。

内心でロンドはほくそ笑んでいた。

「生き残ったのが君達だったのが不幸中の幸いということか」

「……どういう……こと？」

虚ろな目をしたヒノカが呟く。

「クレイスのことは私だって無念に思っているよ。だが、君たちは選ばれしギフトの持ち主だということを分かって欲しい。クレイスとは違うんだ」

「クレイスは立派だったんです。アイツは俺達を生かすために……！」

「分かった。今日はもう遅い。ゆっくり休んでくれ。とりあえず詳しい報告や対策は明日から本格的に始めよう」

生気を失った目で座り込んでいるヒノカに指示が一段落したマイナが声を掛ける。

「残念でしたね、クレイスさん」

「…………」

ヒノカの憔悴は深刻だった。

その姿をマイナは放っておけず、優しく声を掛ける。

「折角、クレイスさんと想いが通じ合ったばかりだったのに……。こんな結末、酷すぎますよ」

「……なに……を……言っている……の？」

初めてヒノカが反応らしい反応を返す。

まるで知らないという反応に疑問を抱きつつ、マイナは続ける。

「あの……ヒノカさん。クレイスさんから受け取りませんでしたか？　クレイスさんは貴方に渡すために黒蘭宝珠を取りに行っていたんです」

ヒノカの目が見開かれた。

「ニウラさんはザックラブ出身で、それを知ったクレイスさんはニウラさんに頼んで同行してもらったんです。帰ってきたクレイスさんは、貴方の誕生日に渡すと仰っていたのですが……」

それは、聞いてはならない真実だった。

いや、聞くべきではなかった。急いで耳を塞ぐべきだった。

おかしいと思っていた。クレイスは浮気なんてするはずがない。

そもそもクレイスはあんな大通りで誰かと抱き合うような性格ではなかった。

ショックで頭の中が真っ白になっていたが、ひとたび思い出してしまえば、違和感しかない。クレイスはニウラと抱き合っていたように見えたが、それは単にニウラを支えていただけかもしれない。素直に聞けば良かっただけだ。言葉を交わせば、それで簡単に明らかになることだった。それを拒絶したのは自分だった。

それはその程度のことにすぎない。すぐにでも解けるはずの些細な勘違い。

そんなことにも気づかない程、ヒノカはその光景から目を背け続けていた。

ありえない幻想に怯え、現実逃避をしていた結果がクレイスの死だとすれば、それはあまりにも残酷すぎる結末だった。

その様子に気づいたのか、ロンドが近寄ってくる。

「マイナ、ヒノカはショックを受けてるんだ。余計なことを言うな！」

「そ、そうでしたね！　ごめんなさいヒノカさん」

慌ててマイナが謝罪する。

「ヒノカ、クレイスは良いヤツだった。だが、お前を裏切っていたんだ。いい加減前を向け。お前には俺がいる。俺が慰めてやる」

ロンドがヒノカの肩を抱こうと手を伸ばした。

下卑た笑みが浮かんでいることを、ロンド以外誰も知らない。

——その瞬間、ロンドの顔面にヒノカの拳が突き刺さっていた。

「ぶげっ！」

醜い声を挙げてロンドが吹き飛んだ。

何事かと、ギルド中の視線がヒノカに集まる。

それにも構わず、ヒノカは叫んだ。

「クレイスは最初から何も裏切ってなかった！　なのに裏切ったのは私で……ただ恐くてクレイスを拒絶して……クレイスを守る為の剣でクレイスを傷つけた！　それでクレイスを見捨て……いやああああああああああああああああああああああああ」

半狂乱に泣き叫ぶ。

「ロンド、お前は許さない！　殺す殺す殺す殺す殺す殺す殺す殺す殺す殺すコロすコロすコロすコロすコロすコロすコロすコロすコロすコロスコロスコロスコロスコロスコロスコロスコロスコロスコロス！　殺してやる！　今すぐにお前を殺して私も死ぬ！」

剣聖ヒノカの殺意がギルドを支配する。

呼吸さえも困難になるほど濃厚に満ちる死の匂い。

「や、止めろヒノカ……落ち着け！」

「ヒノカさん駄目です！　ギルド内で刀傷沙汰を起こせば冒険者資格も剥奪になります！」

「そんなものがなんだっていうの⁉　クレイスはもういないのよ！　そんな世界に意味なんてない！」

「ヒノカさん駄目です！　クレイスさんの死を無駄にしては駄目なんです！」

マイナが泣きながら叫んだ。ギルド内は修羅場と化していた。

ロンドの表情が幽鬼でも見たような驚愕に染まる。

ヒノカの剣幕に怯えていたロンドだったが、いつしか視線は外れていた。

ロンドが見ていたのは、ギルドの入り口だった。

「――誰の死がなんだって？」

そこにいたのは、この場にいるはずのない人物。

「……生きていたのか……クレイス……」

「あぁ。地獄から帰ってきたよ。どうした？　そんなに俺の姿が信じられないか」

淡々と告げるその言葉には一切の感情が籠っていない。

「あの状況からどうやって生き延びた!?　俺は確かにお前を――」

「殺したはずだったか？　俺をなんだロンド。言ってみろよ」

ゆっくりとクレイスがギルドの中に足を踏み入れる。

「ク、クレイス……生きていたのね！　良かった……本当に良かった！」

安堵の表情を浮かべたヒノカがクレイスの胸に飛び込む。

ギルドを支配していた異様な空気が一瞬で霧散していた。

感動の再開に緊張が緩む。

「それも演技かヒノカ？」

だが、クレイスから発せられたその言葉は、幻想を切り裂くかのように怜悧だった。

ピタリと水を打ったようにギルド内が静まり返る。

ヒノカとは正反対にクレイスの顔には再会の喜びなど一切浮かんでいない。

ただその冷たい目だけがヒノカを見下ろしていた。

「え……？」

「それも演技なのかと聞いた」

「……ど、どうして……？　クレイスなにを……」

クレイスは自嘲する。

「まぁ、今更どうでもいいことか」

クレイスの声には、いつもヒノカを気遣う優しさが秘められていた。その声が好きで、その声を聴くだけで、クレイスが自分を気に掛けてくれていることが分かって、ヒノカはいつも嬉しくなった。

だが、今その大好きだったクレイスの声からは感情を読み取ることが出来ない。

「俺は君のことが好きだった。俺は君を愛していた。あの日、俺は君との約束を果たすつもりだった」

「私も、私もクレイスのことが――」

ヒノカを無視して、クレイスの言葉は淡々と続く。

「君が俺のことを嫌っているのは知っていた」

「違う！　それは違うのクレイス！　聞いて、私はクレイスが――」

クレイスにはもうヒノカを気に掛ける様子は微塵もない。

「だから、この依頼を最後に俺は君の前から消えるつもりだった。君が俺以外の誰かを選ぶのならそれでも良かった」

「──クレイス以外の人なんてありえない！　クレイスじゃないと駄目なの！」

どうしてそれを伝えるのが今だったのか。

その言葉を、もっと早く言えていたなら、こんな結果にはならなかった。

「君がロンドと付き合っていたのならそれでいい。アイツに抱かれて、それで君が幸せなら俺は君を祝福した」

「ロ、ロンドと？　なに言っているのか分からないよクレイス!?」

頭痛がヒノカを襲う。

なにか思い出してはいけない記憶が脳にこびりついて離れない。

駄目だ思い出すな駄目だ思い出すな駄目だ思い出すな！

それがなんなのか、クレイスが生きていた。嬉しいはずの事実が、何故こんなにも恐怖を呼び起こすのか。

自分はあのとき、なにかを──

「そんな俺の覚悟まで君は裏切った」

「ク、クレイス……？」

クレイスの言葉に、思い出しかけていた何かを意識の外へ追いやる。

「そんなに俺が邪魔だったかヒノカ？　この依頼が終わればパーティーを抜けると伝えていたはず

だ。それすら待てない程、君は俺を殺したかったのか？　それほど俺が憎かったか？」

ただただクレイスから零れる言葉にヒノカは恐怖を憶えていた。

怯えるようにヒノカがクレイスの胸から離れる。

そこでヒノカは、再会して初めてクレイスの瞳を直視した。

その瞳は、初めて出会った頃のクレイスよりも遥かに深い闇に囚われていた。一切の光を遠ざけるような仄暗い絶望と憎悪に彩られた瞳がヒノカを覗き込んでいた。

「かつて俺は信頼を裏切られた。そして今度は、信頼と愛を裏切られた」

呆然としていたロンドがハッとしたように慌てて声を掛けてきた。

「クレイス生きていて良かった！　また一緒にパーティーを組んでやり直そう！　俺達なら今度は上手くやれるはずだ！」

クレイスはそこで初めて笑顔を見せた。

だがそれは、ヒノカが知っているクレイスの笑顔ではない。

「今度はもっと上手く俺を殺すとでも言うつもりかロンド？」

「な⁉　な、なにを言ってるんだクレイス。俺達はお前を救おうと――」

事の顛末に目を白黒させていたマイナが割り込んでくる。

「ちょ、ちょっとどういうことですかクレイスさん⁉　殺そうとしたって、いったい何があったんですか⁉」

「マイナ、クレイスは恐怖で精神をやられてるんだ！　今すぐ医者に――」

ロンドが慌てて誤魔化そうとしてくるが、クレイスの言葉が響き渡る。

「恐怖か。あぁ、確かに恐怖だったよ。お前に脚を潰され全身をズタズタにされ、タイラントウルフの群れの中に置き去りにされたときにはな」

ざわり。と、ギルドの空気が一変する。

それは冒険者ギルドでは最も忌避されるべき行為だった。


『仲間殺し』


立証されれば、極めて重い刑が科せられる重罪である。

しかし、それが難しいのは、クエスト中の事故が故意かどうかを立証する手段が限られるということだ。目撃者でもいれば別だが、仲間を殺そうと仕掛ける側も重々にそれを承知している為、滅多にその罪が適用されることはない。だがそれでも、そういう噂が一度でも出れば、それはパーティーに付き纏う呪いとして、大きく評価を落とすことになる。

冒険者のタブー『仲間殺し』。

「置き去りにしたってどういうことなのロンド!?　貴方はクレイスを——」

ヒノカがロンドに詰め寄る。

クレイスにはその姿が白々しい演技に見えてならなかった。

「君も同じだヒノカ。君の所為で俺は魔物から追われることになり、そしてロンド、お前が魔物を呼び寄せ俺を斬り捨てた。二人で俺を嵌めたんだろ？」

　全ては結果論に過ぎない。

　そして結果として、クレイスはあの場所で殺されかけた。

　生きていたのは偶然だ。その事実は覆らない。

　ヒノカは真っ青になって唇を噛みしめている。

　クレイスは、ヒノカ、ロンド、そしてギルド内を順番に見回す。

「ハッキリ分かったよ。俺には仲間は必要ない。お前達は俺の敵だ」

　ヒノカが何かを言おうと口を開きかけるが、意味のある言葉にならない。

　ロンドと共謀し、裏切り、殺そうとし、今更になって心配していたかのように振舞うかつての幼馴染の姿は、あまりにも浅ましくクレイスを苛立たせるものだった。

　——まるで、それが本心だとでもいうように。

　そして、そんな気配を感じとっているからこそ、変わり果てたクレイスに対して、ヒノカは何を言えば良いのか言葉を紡ぐことが出来ずにいた。

　ギルドマスターのローレンスが割り込んでくる。

「ク、クレイス。君が無事に帰ってきたことは嬉しく思っている。しかし、君の言っていることは本当なのか？　私にはSランクパーティーの【エインヘリアル】がそんなことをするとは到底信じられない」

　ローレンスの目にはありありと猜疑心が浮かんでいた。

ロンドが加勢してくる。

「そ、そうだ。だいたいお前、脚や全身を斬られたって言ったよな。じゃあ、お前は何故、今そこに無傷で立っている？　クレイスが嘘をついている証拠だ！」

「ロンド、お前が一番それを知りたいんじゃないか？」

「なにを……」

「どうした、何を怯えている？　威勢よく俺を嘲笑していたお前は何処だ？」

「お前……本当にクレイス……なのか？」

目の前の人物が本当に自分の知るクレイスなのか、ロンドは疑心暗鬼に陥っていた。これまでのクレイスとは醸し出す雰囲気も気配も異質に変容している。

「クレイス、君の怒りは分かる。もし本当にそんなことがあったのなら処分も検討しよう。君には相応の金額も渡す。それで手打ちにしないか？」

ローレンスの提案は、あまりにも保身に偏っていた。

必死に頭の中でこの事態をどう抑えようか計算しているのだろう。

「それで俺が納得すると思うのか？」

「君が納得しようがしまいが関係ないんだ。私達は一度手を差し伸べた。君がその手を取らないのならこちらにも考えがある。君と違って他のメンバーは選ばれし存在だ。足を引っ張っているのはクレイス、君であることを自覚した方が良い」

ギフトギフトギフトギフトギフトギフト。

馬鹿馬鹿しい。それでしか人の価値を計れない。

「なるほど確かに【勇者】と【剣聖】。それに比べて俺には何の価値もない」

「正直に言えばその通りだ。君と他のメンバーは素晴らしい限りだな」

「お前らの言うギフトとやらは違うんだ」

ローレンスはこちらの真意を測るように、視線を往復させる。

「どうした目が泳いでいるぞローレンス?」

「【エインヘリアル】は君がいなくても成り立つ。分からないか? ギルドとして、この地域の安定と平和に寄与するものとして、Sランクパーティーを失うわけにはいかないんだよ!」

イライラしてきたのかローレンスが頭を掻きむしる。

「そもそもだ。本当にタイラントウルフの群れに置き去りにされたのなら、何故君は生きている? タイラントウルフの群れという報告自体が虚偽だとすれば重大な責任問題だぞ?」

「それを報告したのは俺じゃない」

「い、いや! 間違いない。確かにアレはタイラントウルフだった」

慌ててロンドが釈明するが、クレイスを目の前にした今、声に余裕がない。

「同じことを何度も言わせるな! だったら何故お前は生きているクレイス? お前に切り抜けられるはずがないだろ! お前がそのまま死んでおけばこんなややこしいことには――」

それが失言だと気づいたときには遅かった。

ローレンスが慌てて口を閉じるが、一度吐いた言葉は飲み込めない。

マイナが冷たい目で声を掛ける。

「ギルドマスター、あなたは今ギルドを預かる者として言ってはいけない言葉を口にしました。クレイスさんに謝罪してください」

ローレンスは苦虫を噛み潰したような表情を浮かべる。

「確かに言い過ぎた。だが、ギルドとしての決定は変わらない」

クレイスはおもむろに襟元に付けていたSランクパーティーの証であるプラチナバッジを投げ捨てた。カランと、乾いた音を立てて壁に当たったバッジが跳ね返り床に落ちる。

ギルド内の全員が唖然とした表情でクレイスを見つめていた。

「ローレンス、ありがとう。一つ分かったことがある」

「な、なにをだ……」

「お前達も敵だと言うことだ」

咄嗟にマイナがプラチナバッジを拾い慌てて駆け寄ってくる。

「クレイスさん、お怒りは分かりますが、冷静になってください！　あなたもSランクパーティーの一員なんですよ！」

「どのみち辞めるつもりだったんだ。俺には必要ない」

「ですが、これは貴方が努力してきた証のはずじゃないですか！」

クレイスが必死になってSランクを目指したのは、ヒノカの隣に立ちたかったからだ。その為にあらゆる努力をしてきた。

だからこそ、裏切りが許せなかった。

「俺がその努力で欲しいと願った、たった一つのモノは砕け散った。もう元には戻らないんだよ。俺はもう、誰も信じない」

果たして、それは誰に向けた言葉だったのか。

ヒノカなのか、ロンドなのか、ギルドにいる誰かなのか。

誰でもない、自分への言葉を戒めに、胸中で決別を告げる。

くるりと身を翻して、クレイスは出口へと向かう。

失ってしまったものは、あまりにも大きすぎた。

「そうだ。土産だ。こいつを貰ってくれ」

そう言うと、クレイスは時空鞄を取り出し、その中に入っていたタイラントウルフの死体をギルド内に投げ捨てた。その体躯に机と椅子が散乱するが、誰もがその突然の暴挙に言葉を発せずにいる。

「入りきらないみたいだな。入口の前にも積んでおくから自由に使ってくれ」

それだけを伝えて、クレイスは改めてギルドを後にした。

◇

ギルドから立ち去ろうとするクレイスの背中が視界から消える。

――ハッと、気づいたとき私はロンドに剣を向けていた。

「ロンド、クレイスになにを言ったの!?　言わなければ殺す！」

コイツがクレイスに何かを言ったんだ！

コイツがクレイスを殺そうとした！

クレイスの敵を倒すのは私の役目だったのに！

こちらが本気だと悟ったのだろう。

ガクガク震えながら、ロンドは答える。

「アイツはお前が好きだった。だから、絶望させてやりたくて、俺がお前と付き合ってると言ってやったんだよ！　抱いてやったってな！　あぁ、最高だったぜ。ソレを聞いたときのアイツの顔はな！　だが、お前もアイツが倒れているのを無視して逃げただろうが!?」

「――――ッ！」

私は躊躇いなく剣を振るった。

剣聖の凶刃が、ロンドの左腕を斬り飛ばす。

「ぎゃあああああああああああああああああああああ!?」

鮮血がギルド内に飛び散る。

噴水のように吹き出した血が、瞬く間に血だまりを作っていく。

「止めてッ！　ヒノカさん!?」

「追いかけなきゃ！」

あの日、クレイスは約束を果たそうとしてくれていた。

それなのに、私は拒絶した。去っていくクレイスの表情は泣いていた。

だけど、私は追いかけなかった。その後も、話すチャンスは沢山あった。
自分の弱さに負け、関係を壊したくなくて、耳を塞ぎ続けた。
ほんの少しの勇気を持てなかった。
森の中、クレイスと目が合ったのは気のせいじゃなかった！
だとすれば、クレイスは逃げ出す私を見て、どう思ったのだろう？
クレイスは言っていた。君も同じだと。裏切られたと思ったに違いない。
事実クレイスを裏切って、殺そうとしたのは私なのだから。
ごめんなさい！　ごめんなさいクレイス！
そんな謝罪に意味はないと知りながら、ギルドから飛び出す。
周囲を見渡すが、クレイスの姿は何処にもない。
「そうだ、宿に行けば！」
クレイスが宿泊していた宿はギルドから北に二十分程度の距離にある。
急げば間に合うかもしれない。

◇　　◇　　◇

「クレイス、あのね話がしたいの。もう一度だけ私の話を聞いて！」

宿に着いた私は、ゆっくりと部屋の扉を開く。

心臓が高鳴っていた。

決して広いとは言えない室内を見渡す。クレイスの姿はない。

しかし、部屋の中には、ほんの少し前まで人がいた気配が残っていた。

遅かった。それは致命的だった。もう、クレイスの手がかりがない。

いつも隣にいてくれた人が、今は何処にもいない。

ふと、ベッドの横に置かれているゴミ箱が目に入った。

中に何かが捨てられている。私はおもむろにそれを手に取った。

それはグシャグシャに握り潰された綺麗な小箱だった。

――これって、何処かで……？

朧気ながら見覚えがある。

あの日、クレイスは私の誕生日に何かを渡そうとしてくれていた。あのときは、良く確認もせずに跳ねつけてしまったが、クレイスが去り際にそれを拾って去っていったのを思い出した。だとすれば、それは……。

そっと、震える手で小箱を開ける。

――その中には、バラバラに砕かれた黒蘭宝珠が入っていた。

「あ……あぁ…………」

熱い水滴が頬を伝っていく。

バラバラになった欠片を震える手で少しずつ重ね合わせる。

宝石に興味がないわけではない。綺麗だと思うし、アクセサリーに拘ったりもする。これまで何度か告白されたり、求婚を受けたりもしてきた。その中には貴族やハンターもいたが、中には黒蘭宝珠を渡そうとしてきた人もいた。

重ね合わせる作業はすぐに終わる。歪ながらも黒蘭宝珠が元の形を取り戻す。

それは、これまで見たことがあるどの黒蘭宝珠よりも大きく美しいものだった。

わざわざ私の為に一生懸命探してきてくれた？

「ごめん……なさい！　……ごめんなさい…………ごめんなさい！　クレイス！　戻って来て！　戻って来てよ……クレイス！」

「うわぁぁぁぁぁああああああああああああああああああああああん！」

黒蘭宝珠。「秘めた想い」と「永遠の絆」、その証。

あの日、クレイスは私に、私がずっと望んでいた答えをくれようとしていた。

そして愚かな私は、それを自ら手放した。

十二年間、欲しくて堪らなかった、その証を用意してくれていたのに。

くだらない甘言に惑わされ、真実を聞く勇気が持てなかった愚かな女が私だった。

私の全てが真っ黒に否定されていく。答えは最初から目の前に存在していた。

本当は冒険者なんてどうでも良かった。

一緒に村でゆっくり暮らしているだけでも幸せだった。

そんな幸せはもう何処にもない。全てを失ってしまった。

急速に身体から力が抜けていく。ただならぬ喪失感。

これまで頼ってきた【剣聖】という私の根源。

「……え？」

いつからか、私のステータスは【剣聖】から【剣士】へと変わっていた。

どうして？　去来する疑問に答えるものはいない。

アレ？　六歳のとき、洗礼の儀を受けたとき、私が授かったギフトは確か……。

【剣士】じゃなかったっけ？　私はいつから【剣聖】になったんだっけ？

◇　◇　◇

遠い昔、村に住んでいた少女は、一人の少年と出会った。

今にも消えてしまいそうな、儚げで憔悴しきっていた少年を見て、少女は自分が護らなければならないのだと、強く、そうただ強く心に誓った。

少年に恋をした少女は願った。

これから少年を護れるだけの誰にも負けない力が欲しいと。

少年を傷つける、あらゆる全ての悪意から護れるだけの絶対的な力が欲しいと。

少女に恋をしていた少年もまた強く願った。

少年にとって掛け替えのないこの少女の隣に立ちたいと。

その少女の想い、願いを叶えたいと。
力を願う少女と、その少女の力になりたい少年。
それが、少女の願いを少年のギフトが叶えたものだと知っている者は誰もいない。
だから少女は知らない。
最初から自分が少年にとって、たった一人の「特別」な存在だったことを。
だから少年は知らない。
最初から少女が自分にとって、たった一人の「特別」な存在だったことを。
「裏切ったから？　クレイスを……裏切ったからギフトが無くなった……の？」
知らないはずの正解を私は導き出す。考えても分からない。だが、何故だろう。
きっとそれが答えなのだと、私は確信していた。
クレイスを裏切った私は【剣聖】では居られない。
おぞましい悪夢がフラッシュバックする。必死で封印していた忌まわしい記憶。
目を逸らし続けることで、かろうじて耐えてきた。
心がその事実を受け入れるのを拒否していた。
思い出せば、きっと私は壊れる。
――あぁ、そうだ
――私はあのときにロンドに
――私の全てを奪われていた

――クレイスにあげるはずだった私の初めて
「うえっ……げぷっ…………」

猛烈な吐き気に襲われ、胃液を吐き出してしまう。

気持ち悪い、いますぐに死んでしまいたい。

「なんで!?　どうして……私……!?　いやだいやだいやだ！　……汚い……穢された……私の身体はクレイスのものなのに、クレイスだけが触れて良いのに……いや……いやぁぁぁぁぁぁぁぁぁぁぁぁぁぁぁあああああああああ！」

穢された身体が、まるで自分のものではないかのように醜い汚物に見える。自らの身体も心も。穢された汚い身体と裏切った醜い心を捨ててしまいたい！

心の中を絶望が支配していく。

もうクレイスに再会しても何も捧げることができない。

穢れた身体でクレイスと結ばれることは許されない。

愛される資格など、もう存在しない。

――なにもかもを失った――

彼を傷つけ、裏切り、穢され、最愛の人は私の前からいなくなった。

「あはは……無くなっちゃったよクレイス……全部……ギフトも処女も……貴方だけだったのに……私にはクレイスだけだったのに……何も……」

「どうして、こんなことになったのかな？　欲しかったもの……守りたかったもの……あげたかったもの……全部消えちゃった。私は何の為に生きてきたのかな？」

「あは……あはははははははははははは……ああ」

少女の慟哭が止まることはなく、その心は砕けて壊れた。

◇

◇

◇

「……間違いありません。全てタイラントウルフの死体です……」

マイナが重苦しく口を開いた。

打ち捨てられた死体の合計は二十三体。

眼前に広がる異常としか言えないその光景は現実感がない。

ギルド職員総出で確認したが、それら全てがタイラントウルフの死体であることは間違いなかった。

「馬鹿な！　じゃ、じゃあこれを全部クレイスがやったっていうのか⁉」

ローレンスもこの状況をどう判断していいのか分からず、困惑を強めていた。

一体でも倒すことが困難とされる討伐ランクAの魔物を一人で二十三体も倒すなどと到底信じられるものではない。

「ありえねぇ！　アイツにはこんなこと不可能だ。誰かが助けたに決まってる！」

取り繕うことすら忘れてロンドが口走る。

切断面が綺麗だったこともあり、上級回復魔法（ハイヒール）によって、ロンドの左腕は一応くっつくまでにはなっているが、完全回復には時間が掛かるだろう。

だがなによりも周囲がロンドに向ける視線は、嫌悪と侮蔑に満ちていた。

「誰が助けたというのです？　このエリア付近にあなた方以外のパーティーはいなかった。こちらが要請する前に、他から討伐隊が編成され送られていたという記録もない。状況を考えれば、これをやったのはクレイスさん以外に存在しません」

そもそも仮に協力者がいたとしても、これだけの数を討伐することなど不可能だろう。それほどまでに常軌を逸した事態が起こっている。

マイナは底冷えするような悪寒を感じていた。

自分の価値観、世界の常識、それらが一変してしまったかのような疎外感。

（何が起ころうとしているの……クレイスさん、貴方は何をする気なんですか？）

「こんなこと……人間の仕業じゃない……」

ローレンスが慄くのも無理はない。

何故ならタイラントウルフは、あらゆる手段をもって殺されていた。

斬首された死体、穿（うが）たれた死体、何かに磨（す）り潰されたものもあれば、全身をズタズタに引き裂かれたもの、押し潰されて圧死しているものもある。或いは魔法で燃やされたであろう焼け爛れた死体や凍らせて絶命させたもの、毒だろうか、体中からドス黒い体液を漏らしている死体もある。あまりにも異常、あまりにも異質、とても一人の所業とは考えられない。

ローレンスは早くも後悔していた。

クレイスを責め立てるような発言をしてしまったのは、【エインヘリアル】というギルドの大看板を守りたかったからである。冒険者ギルドにとって有能なパーティーの確保は死活問題だ。

ブランデンの街の冒険者ギルドは周辺地域に対して比較的大きな影響力を持っている。それはSランクパーティーが拠点としているということも理由の一つとしてある。故にブランデンのギルドには応援要請なども多く届くし、協力関係にある魔道院や教会といった組織からの支援も厚い。

大陸でも屈指の【勇者】と【剣聖】という選ばれしギフトを持つパーティーがいる恩恵は計り知れないものがあった。ローレンスは【エインヘリアル】がいずれ、大陸最高のパーティーと呼ばれることになるだろうと確信していた。

だからこそクレイスなら抜けても問題ないと思ってしまった。

もともと【エインヘリアル】はクレイスとヒノカで結成したパーティーだったことは知っていたが、そのクレイスを追い出して【エインヘリアル】を守ろうとした結果、ローレンスの目の前で一瞬にしてパーティーは瓦解してしまった。

ヒノカはロンドを斬りつけ出て行ったきり戻ってこない。あれだけのことをしてしまえばもう帰ってはこないかもしれない。これだけ崩壊したパーティーが元通りの姿に戻るなど考えられない。

そして、この事態だ。

もし、本当にこれだけのタイラントウルフを一人で倒したのだとすれば、それは【エインヘリアル】というパーティーの力すら遥かに凌駕していることになる。

クレイスに、お前には価値がないと言った自分の言葉を苦々しく思い出す。

ロンドを【エインヘリアル】に斡旋したのは自分であり、間接的にこの事態を引き起こしたのは自分なのだ。

（私は……クレイスに殺される……）

恐怖に手が震える。

しかし、一度吐き出してしまった言葉はもう取り返すことが出来なかった。

アンドラ大森林の異常。タイラントウルフの大量発生。仲間殺し。Sランクパーティーの崩壊。死んだと思っていたクレイスの帰還。そしてそれを一蹴した愚かな自分。挙句の果てには、目の前に積み上げられている死体の山。

事態はとうにローレンスの理解力を超えていた。地方のしがないギルドマスターである自分にはどうしようもない。何から手を付けていいのかすらも分からない。

そんな堂々巡りの思案を中断させたのは、思わぬ来訪者だった。

――長い夜は、まだ終わらない。

◇　◇　◇

「ダーリン……じゃなかった、クレイス様はいらっしゃいませんか？」

場違いなまでに可憐な声がギルド内の重苦しい空気を打ち破る。

満面の笑みを浮かべたプラチナブロンドの女が入ってきた。

緩やかにカールの巻かれた髪がふわふわと揺れている。女の後ろには何名もの騎士が追従していた。

ギルド内の視線が突然の乱入者に集中する。

その人物には見覚えがあった。

恐らく誰もが一度は見たことがあるであろう大陸屈指の有名人。

「ミロロロロ・イスラフィール……？」

誰かが、その来訪者の名前を呟く。

聖アントアルーダ教会の最高位。

このような場所にいるはずのない、遥か高みに位置するその人物。

それは、大陸で三人しかいないはずの【聖女】だった。

「む、誰ですの？　私の名前はミロロロロ・イスラフィールです。次に名前を間違えたら、ぶっ殺しますわよ！」

一瞬、不機嫌な表情になったミロロロロだが、すぐに満面の笑みに戻る。

剣呑（けんのん）な言葉とは裏腹に、その笑みは、少女のようにも大人の女性のようにも見え、温かな慈愛に満ちていた。

ローレンスが眼前の聖女について知っていることは少ない。

【聖女】というギフトを授かっていること、まだ成人していないこと、概ねその程度の知識しか持っていない。一方、わざわざこのような場所までやってきた聖女が、こちらについて何の情報も持たずにやってきたとも思えなかった。

「こほん。こちらのギルドにクレイス様がいると聞いております。今すぐにお会いしたいのです。どちらにおられるのでしょうか?」

(またクレイスか!)

内心でローレンスは毒づく。怒涛のように、あまりにも事態が重なりすぎてキャパシティをオーバーしている。しかし、相手は聖女、対応しないわけにはいかない。

渋面のまま、ローレンスが前に出る。

「私はこのブランデンのギルドマスター、ローレンスです。聖女様、本日はクレイスにどのようなご用件でしょうか?」

「それはクレイス様に直接お話し致しますわ。大至急取り次いで頂きたいのです」

ギルド内の誰もが困惑の色を隠せなかった。

クレイスなら今さっき、敵対宣言をして出ていったばかりだなどと言い出せるような相手ではなかった。ミロロロロ本人こそニコニコと笑顔を浮かべているが、後ろに控えている帝国騎士達の表情は一様に厳しく、張り詰めた空気が漂っている。

「あの……クレイスは……今はいないのです」

「どうしてかしら？　依頼でも受けられていますの？　でしたら、その依頼はただちに別の者に引き継いでください。必要経費は全て教会が負担します」

「な!?」

教会とは、聖アントアルーダ教会のことを指し、女神ミトラスを信仰する宗教である。聖アントアルーダ教が国教となっているのは、ギフトがミトラスの加護であるからであり、およそギフトの恩恵を受ける人間種族にとって、ミトラスの加護とは、この世界における明確な神の実存性そのものだった。

神は存在している。

決して存在しないはずの架空の象徴ではなく、確かに神はそこにいる。その証明こそがギフトであり、ときに【聖女】にもたらされる神託だった。

大陸には主流の四つの宗派があるが、いずれにしてもそれら全てがミトラスを女神とする分派にすぎず、細かな差異はあれど対立しているわけではない。

宗教指導者として、その教会のトップに君臨しているのが【聖女】のギフトを授かる三人の女性達。

ミロロロロロ・イスラフィール
ミラ・サイトルパス
ドリルディア・ドライセン
眼前で微笑みを浮かべているミロロロロロ・イスラフィールこそ、教会のトップその人だった。

その聖アントアルーダ教会が、依頼の代行を指示してまでクレイスとの面会を求めるなど、これが尋常な事態ではないことを物語っていた。

「いやしかし……クレイスはクエストに行っているわけでは……」

「ハッキリしませんわね。何か不都合でもおありなのですか？」

ここでミロロロロロは、ようやくギルド内の澱んだ空気に気づいた。そしてそれは、何かクレイスに関係があることなのではないかと、直感を働かせる。

表情を引き締めると、ミロロロロロは声を上げた。

「全員このギルドから出ることを許しません！　クレイス様について何があったのか正直に話しなさい。この場で嘘を吐いた者は私の権限で罰します！」

信じられないものを見るような視線がミロロロロロに向けられる。

気が狂っているのだろうか？

しかし、ミロロロロロの瞳には理性の光が灯っている。

その目は本気だった。【聖女】はその権力も絶大である。

もし誰かが嘘を吐けば躊躇なく罪に問うだろう。

大陸で三人しかいない【聖女】は本来、国が厳重に囲っている。

国家同士の重要な会談に同行するなど、外交上も極めて重要な存在である。

ミロロロロロの後ろに帝国騎士が十名以上も護衛として付いていることから考えても、この訪問が単独行動ではなく、教会が承認し、その意思を反映した国事行為であることに疑いはない。

ローレンスは、大きく息を吐きだすと、何があったのかを語り始めた。

「なんという愚かなことをしてくれたのですか！」

話を聞き終えたミロロロロロは激高していた。

その聖女の憤慨に、護衛の帝国騎士を含めた全員が冷や汗を流している。

「申し訳ございません！　せ、聖女様、クレイスに何があると言うのですか？」

「折角、ダーリンに会えると思っていましたのに……」

ミロロロロロがぼそぼそ呟くが、その内容は意味不明だ。

「ダ、ダーリン……？」

「こほん。それはよいのです。仕方ありません、お話ししましょう。直に明らかになる話です。そしてこれは神託により知り得た内容であり、教会の意向そのものであることを肝に銘じておいてください」

そしてミロロロロロは、ゆっくり語り始める。

「皆さんはクレイス様のギフトが何かをご存じですか？」

マイナが真っ先に答える。

「確か【聖杯】というギフトです。クレイスさんもその力を良く分かっていませんでした。私も一度調べたことがあるのですが、過去に同じギフトが確認された記録はありません」

ミロロロロロは満足げに頷く。

「そのギフトは我々が授かるものと根本的に異なる性質を持っています。【聖杯】とは〝ギフトを授けるギフト〟なのです」

「……ギフトを授けるギフト？」

ピンと来ないのか、全員の頭上に疑問符が浮かんでいる。

「お分かりになりませんか？　ギフトを授けるギフト。【聖杯】のギフトを持つクレイス様は、他者にギフトを授けることが可能なのです」

一様に驚愕で目を丸くする。誰もが同じ反応を示していた。

それは聞いている方が恥ずかしくなるような失笑ものの与太話だった。

冒険者達の間で流行っている無双系冒険者が活躍する架空小説でもあるまいし、そのようなご都合主義としか言えないギフトなど噴飯ものの戯言でしかない。

「クレイス様のお力があれば、そこにいる出来損ないの【勇者】ではなく、真にその力を望む者に【勇者】のギフトを授けることが可能です。勿論それは【勇者】だけではありません。この世界に存在するあらゆるギフト、過去に失われたギフト、文字通り全てのギフトであり、【聖女】も例外ではありません」

ミロロロロロの話は荒唐無稽な冗談にしか聞こえなかった。

それを語っているのが、ミロロロロロという聖女でなければだが。

「先程のタイラントウルフ、アレは恐らくクレイス様が状況を打開すべく自らに複数のギフトを授けたのでしょう」

動揺の色を隠せず、ロンドが割り込む。

「待て！　自分にもギフトを授けることが出来る、それに複数だと!?　俺達は生涯に一つしかギフトを持てないはずだ！」

あからさまに馬鹿にしたような視線をミロロロロは向ける。

「他者にギフトを授けることが出来るのであれば、何故自分に授けることが出来ないと考えるのです？　余程自分に授ける方が簡単なのではないですか？　そもそも私達人間が〝ギフトを一つしか授かることが出来ない〟と、誰が決めたのです？」

「ミロロロロロロロロ様。過去にギフトを二つ以上授かった例はありません！」

ミロロロロロの額に青筋が浮かぶ。

「間違えんなって言ってますでしょ！　学習能力がないのですか貴方達は！　はぁ、いいですか。私達がギフトを一つしか授かれないのは、その機会が一度しかないからにすぎません。仮に洗礼の儀が二度三度あれば、我々もギフトを複数授かることが可能かもしれません。【王紋】という例もあります。特殊な例ですが、あれも本来はギフトです。ギフトが一つしか授かれないというのは誤りと言えるでしょう」

「そんなことが……」

「そしてクレイス様には、そのような制限は何ら存在しないのです。十個でも百個でも望むままにギフトを授けることが可能でしょう。「汝、力を欲するか？」がやりたい放題です。そんなのもうどうしようもないではありませんか。私達、教会はクレイス様を女神ミトラスの代行者、神の御使いとして認定し、全面的にその意に従うことを決定しました。恭順を示し、ひたすら迎合して媚びを売りまくります」

ミロロロロロはキッとローレンスを睨みつける。

「クレイス様が、ギルドを敵だと認定したのであれば、教会は今後一切ギルドへの協力を致しません。重々承知してください」

慌ててローレンスが口を開く。

「お待ちください！　ミロロロロロ様、それは困ります！」

教会に所属する司祭や神官達は回復魔法に優れている。重症や呪いを受けた冒険者が教会に運ばれることも多い。また冒険者ギルドは各種ポーションを教会から仕入れていることもあり、繋がりの深い組織である。その教会からの支援がなくなれば、冒険者ギルドが崩壊しかねない。

「本来であれば逆らった者達は全員罪に処したいところですが、独断で我々が手を出すわけにも参りません。とはいえ、どのみちギルド中央本部へは報告させていただく必要がありますわね」

ミロロロロロが騎士の一人を手招きし伝言を伝えると、その騎士は慌ててギルドから駆け出していく。

「いいですか、愚かなギルドマスターローレンス。最早、貴方の首を差し出せば片付くような問題ではありません。愚かな【勇者】、ここにはいませんが愚かな【剣聖】もです。いずれ落とし前を付ける必要があるでしょう」

「【勇者】の俺が愚かだと？　あんな奴にそんな力があるわけないだろ！」

ロンドが反論するが、ミロロロロロロの話が事実であるなら、あらゆるギフトの価値は暴落することになる。【勇者】だからといって特別な価値を持つ存在ではない。

「アナタはこれまで何を聞いていたのです。アナタのようなギフトを授かるに相応しくない者がいるから、こうした事態が引き起こされるのです。この世界で特別な存在などいません。私達は仮令どのようなギフトを持っていようと代わりが存在するのだと弁えなさい」

それは、これまでこの世界の価値観を形作ってきた法則そのものを破壊する話だった。世界そのものを真っ向から否定している。聞けば聞くほど真に受けるのが馬鹿らしい世迷言だが、目の前の現実がそれら全てを肯定していた。

「私がここに来たのは、魔王討伐のパーティーに入れて頂くつもりだったからです。折角、【聖女】同士のキャットファイトを勝ち抜きここまで来たというのに。クレイス様がいないのであれば、どうしようもないではありませんか。ぷんぷん」

「もう一度ハッキリと言っておきます。いいですか、アナタ方の愚かな行為により、もし仮に協力が得られなくなったとするなら——」

「ぶっちゃけもう人類は終わりです」

幕間

人跡未踏、ドラゴンの住まう聖域、霊峰ルンルン山脈。

クレイスは自らの力を確かめる為、ドラゴン征伐に乗り出していた。

六合目付近まで登ると、大きく息を吸い、薄くなった空気を肺に取り込む。

「うーん……」

クレイスは腕組みしながら、険しい顔で思案していた。

ギフトに目覚めてからの数日間は、それこそ思いつく限りのギフトを自らに付与し力に酔いしれていた。圧倒的なまでの陶酔感。

これまでクレイスは剣や槍を武器として使用することはあっても、弓はからっきしだった。しかし、【弓聖】のギフトを手にした結果、今や遥か上空を高速で飛び交う雷鳥さえも、一矢で仕留める腕前になっていた。

しかし、である。

それなにか意味あるの？

と、思い始めていた。

力を得た陶酔は今ではすっかり冷めきっている。

努力したわけでもなく、これといって何か犠牲を払ったわけでもない。降って湧いたギフトの力で無双しただけである。

達成感ゼロ。見合う強敵がいるわけでもない。

クレイス自身、なにか成長して得られた力という実感が全くないだけに、違和感しかない。結局のところ、このギフトで何かをやったとしても、

——だから、なに？

ということにしかならない。

得られたのは虚しすぎる結論だった。

「飽きたな……」

クレイスはギフトに疑念を抱き始めていた。

そもそも相応しくない者に【勇者】のギフトが与えられたり、鍛冶職人の父親を尊敬し、世界一の鍛冶職人を目指そうとしていた少年が【魔導士】のギフトを授かり、魔道院に引き取られたりといったこともある。

それは果たしてギフトによる祝福と言えるだろうか。

本人の意思に反してギフトが優先されることは正しいのか、ギフトによる人生の強制。それはギフトの奴隷というに相応しい。

これではまるで、女神の祝福ではなく呪いではないか。

「それはともかく。どうやって復讐するかだ……」

今すぐにでも殺しに行きたい、その衝動を抑えきれない。

しかし、クレイスはより効果的な復讐を考えるべく、このギフトをどう利用するべきなのか試行錯誤を繰り返していた。

その結果分かったのは、【聖杯】というギフトは、ギフトを授けることも出来るが、ギフトを剥奪する力も持っているということだった。つまりギフトを自由自在に着脱可能ということだが、それもまたギフトに対する不信感に繋がる。

つまるところギフトとは本人の資質「才能」にすら関係がない。

剣に優れた者が剣術のギフトを授かるわけではなく、剣術のギフトを授かった者が剣に優れた者になるだけだ。

狂った倒錯構造。歪な世界観、その正体こそがギフトだった。

そのような不毛な考察を続けていると、ふと、視界の端にスライムの姿が見えた。

「流石にないだろ……」

ピンと何かを思いついて、実験してみる。

「【Grant】」

『ぷるぷる。ボク　わるいスライムだよ』

「うわっ、キモ」

「【Deprive】」

いきなり喋りだしたスライムにビビッてしまい慌ててギフトを剥奪する。

物は試しと【賢者】ギフトを授けてみたが成功してしまった。

そこはかとなく、スライムが何かを抗議したげな表情（？）でこちらを見つめている（目はないが、そうはいっても、もし仮に【賢者】のギフトを授けたスライムが、その有り余る知恵と知識を利用して、最弱の座を払拭すべく下克上を起こせばモンスター界の生態系が大きく変わってしまう。生物学者にとって天変地異とも呼べる事態をこんな茶番で引き起こすわけにもいかない。出来るのかどうかは分からないが、ギフトを保有したまま分裂でもされたら更に厄介だ。

クレイスは再び思案する。

――このギフトって、クソしょうもない
この力を使えばなにか凄いことが出来るのではないかと考えたが、そのすごいことがなんら苦労なく出来てしまうであろう事実に、急速にギフトに対する関心を失っていた。

煮え滾る殺意。

しかし、その憎悪とは裏腹に、復讐以外に何もやりたいことがない。

相反する感情がクレイスを躊躇させていた。

今すぐにでも復讐を実行して、それでその後は？

やりたいことがあったとしても意味がない。ギフトがある限り、それらは全てできてしまうのだ。

ならば、最初から結果など分かり切っているではないか。

この世界を生きる動機がない。

失った大切なものと引き換えに得た、無価値で空虚な力。

途方もない虚無。孤独の煉獄。

無責任なくだらないギフト。

誰かにギフトを授けるなど、傲慢の極みにしか思えない。

「自分は神です」などと吹聴してギフトを授けて周るとでも言うのだろうか？

胡散臭い神もどきにしか見えないだろう。

それだけではない。もし強力なギフトを授けた者が、その力に相応しくない場合、結局はギフトによる悲劇が繰り返され続ける。ならばそれを防ぐために人間性を確認すべく面接でもすればいいのだろうか？　あまりにも滑稽で馬鹿げていた。

そもそも誰かにギフトを授けて何かをやらせるくらいなら、最初から自分でやった方が早い。誰かに任せた時点で、任せた側にも責任が発生するのも腹立たしい。ならば、ギフトを授けるとは何なのか？　信頼する相手、仲間、そんなもの何処にもいないというのに。

ギフトを授けるギフト【聖杯】。

一見、凄そうなギフトだが、実際には使い道の限られる呆れた力だった。

しかし、ギフトの有用性は他の追随を許さない。

ギフトを後天的に好きなだけ誰にでも付与出来るなど、ご都合主義、世界のバランスブレイカー、危険要因にしかならないだろう。

否応なしに今後厄介事に巻き込まれることになりそうだが、それもまた気の乗らない話だった。こんな馬鹿げた力で何を成しえるというのか、それで成しえたものに何か価値があるのか。

そもそもそんなことには興味がない。

誰かに言われるまま、乞われるままギフトを授けたとして、それがなんなのか。

神の怠慢により授かったギフトという他なかった。

「復讐して……それで、その後は——」

世間ではスローライフが流行っているが、それもイマイチしっくりこない。

これといった将来設計も思い浮かばないまま、クレイスはとりあえず目の前で倒れているブルードラゴンの死体に視線を戻した。

「これ、どうしよう……」

第二章　革命の王国編～だが俺はどうでもよかった～

アンドラ大森林を流れる大河ソーレンフィート。

複数のダムが建造され、飲み水の供給や雨季には洪水を防ぎ氾濫を抑える機能を有している。その巨大河川の下流にペルンという街があった。

クレイスはペルンの冒険者ギルドに足を運んでいた。

ドラゴンの死体を買い取ってもらう為である。

ブランデンのギルドには遺恨があるが、さりとて冒険者ギルドそのものと敵対しているわけではない。何よりギルドは情報の集積装置としての側面を持っている。大なり小なりあらゆる情報がギルドに集まり、それらが冒険者達に共有される。

大陸全土にまたがる冒険者ギルドのネットワークこそが組織の強みだった。

ギルド全体を統括するのは中央本部だが、その権限は限定的であり、本部は、ギルド間の調整、他組織との折衝、各支部への予算配分、不正調査など、一般の支部と全く異なる役割を担っている。

何らかの事態が発生した場合、状況によっては本部へ指示を仰ぐといった手間を掛けることで事態が手遅れになる可能性もある。加えて本部にいる人間が、当事者でもないのに現場の判断を下すことは困難である。その為、各ギルドのギルドマスターには絶大な権限が与えられていた。

クレイス自身も、そんな冒険者ギルドの有用性を否定するものではない。

「魔物を買い取って欲しい」

受付嬢に声を掛ける。真鍮製の細い眼鏡を掛けた如何にも知的そうな女性だった。

「あら？　お見掛けしない顔ですね。新人冒険者の方ですか？」

「まぁ、そんなところだ。道中で魔物を狩ってきたので買い取って欲しい」

正午過ぎ、朝の弱い冒険者達がギルドに集まり始める時間でもある。

ブランデンのギルドより小さいものの、アンドラ大森林に近いこともあり、依頼の絶えないペルンのギルドもまた活況を呈していた。

「受付嬢のテイルです。これからよろしくお願いしますね」

「よろしく頼む」

雰囲気とは裏腹に柔和な笑みには安心感がある。

冒険者ギルドの受付嬢は人気職、花形である。冒険者達から求婚されることも多く、献身的にサポートする受付嬢に絆（ほだ）される者が後を絶たない。彼女もまた、そんな就職戦線を勝ち抜いたエリートであることは疑いようもなかった。

「ふむ。それにしても、こんな時間に魔物を持ってこられるというのも珍しいですね？　いえ、なんでもありません。余計な詮索でしたね。では査定致しましょう。で、その魔物というのは？」

「ドラゴンだ」

「はい？」

ぱちくりと、目を瞬かせる。

「だからドラゴン」

クレイスは、時空鞄からブルードラゴンの頭部を取り出した。

部位ごとに幾つかに解体している。血抜きを行い、そのまま持ち込めばより高額で引き取られるかもしれないが、別に金銭に困っているわけでもない。

だいたいやろうと思えば【偽貨鋳造】のギフトで無限に生み出せてしまう。言うまでもなく犯罪だが、今となっては誰も自分を捕まえられないだろう。やりたい放題だった。

「残りはここだと置ききれない。解体場の方に――」

わなわなと、テイルがクレイスとギルド内を見渡す。

既に何事かと、他の冒険者達から大きな注目を集めていた。

「でたあああああああああ！　ついにうちのギルドにも！　いきなりドラゴンを狩ってくる系新人冒険者きたあああああああああああ！」

「あ、あれがギルド都市伝説の⁉」

「おいおい、マジで実在したのかよ……」

「アレはブルードラゴン⁉　ブラックドラゴンの次に強いドラゴンだぞ！」

「色仕掛け、色仕掛けすれば良いのね！　でも、今日の下着はベージュなんだけど大丈夫なのかしら私⁉」

一瞬でギルド内がざわつき出す。

何を言っているのか分からない発言が飛び交っていた。

何故か、テイルがワクワクしながら期待のこもった眼差しをこちらに向けている。

これは、まさか……アレを言う流れなのか。

一度、ため息を吐くと、クレイスは息を整えた。

「俺、なんかやっちゃいました？」

「お約束の台詞言ったぁぁぁぁぁぁぁああああ！　本物よぉぉぉぉおおおおおお！」

これも一種のお約束である。

ペルンのギルドに拍手喝采が沸き起こった。

◇　◇　◇

「冒険者あるある言いたいだけだろ……」

ギルドでのお寒い茶番で疲弊したメンタルを回復すべく食事を取る。

アレから根掘り葉掘り聞かれることになったが、とりあえずクレイスはSランクパーティーとしての過去を捨て、新人のソロ冒険者として登録を済ませた。疲労感の抜けないまま宿の食堂に置かれている新聞を手に取る。

全国紙「冒険者タイムス」はギルド監修、発行部数一千万部を誇る業界新聞である。その名の通りハンター専用の新聞であり、ギルドや宿屋など良く利用される施設に置かれている。気象状況、各地の魔物分布図、特性や倒し方、求人案内に至るまで、冒険者に役立つキメ細かな情報が記載されている。他にも大規模クエストの発令や危険度の高い魔物の出現による緊急告知など重要な情報も多い。有力な冒険者にはギルドから直接声が掛かることも多いが、拠点を持たずフリーで活動している冒険者にとっては貴重な情報源である。

『聖アントアルーダ教会、神の代行者と認定』

記事の一面トップを三人の【聖女】が飾っている。

何故か自分の名前が見えた気がしたが、気のせいだろうと黙殺する。

何か他に情報がないかパラパラとめくってみるが、国際面、経済面、政治面、文化面、くらし面、芸能面、地域面、社会面の全てが同じ話題一色に染まっていた。

特集コーナーは、ギフトの力を使って世界樹を栽培しよう！　勝手にしてくれ。

「なぜ俺の顔写真が存在している……？」

目線が入っているが、でかでかと顔写真が紙面に掲載されている。

クレイス自身、写真を撮影したのは、昔、ヒノカと一緒に魔道具の転写機を使って撮ったことがあるくらいだ。まさかそれが流出しているわけでもあるまい。

そもそも三人の【聖女】が一堂に会することなど異例である。

どうやら【聖女】揃い踏みで共同会見が行われたらしい。

記事によると、神託によってクレイスのことを知ったと書かれている。

だいたい神託とはなんなのか？　女神ミトラスが直接【聖女】に話しかけているのか、神託と言えば聞こえは良いが、余計なお世話でしかない。

どうやら魔王討伐には、クレイスの力が必要らしいといったような内容だが、そんなことを言われても困る。

(勇者パーティーの選定？　何故俺がその責任を負う必要がある？)

魔族という種族が存在している以上、それらを束ねる魔王も存在している。

歴史を紐解けば、まるで宿命のように長きに渡り魔王と勇者は争い続けてきた。

しかし、そこに疑問が残る。【勇者】はギフトだが、魔王はギフトではない。

魔王は単に魔族の代表者である。魔王が魔族の中から選ばれるのなら、勇者も人間の中から選ばれるのが本来あるべき形ではないか。にも拘らず、実際には【勇者】を選ぶのは女神によるギフトだった。

そして、その魔王を討伐するべくメンバーの選定をクレイスが行うのだという。

理解不能だった。

つまるところクレイスが力を経て辿り着いたこの世界の本質とはこうだ。

全てが他力本願。

魔王を倒す為のパーティーを選定すれば、選ばれた人物は勝っても負けても多大な犠牲を払うことになるだろう。傷つき過酷な運命に巻き込まれることになる。

しかし、それでいいのだろうか。選ばれし者達だけが犠牲になり、それ以外の多くは自分には関係ないと気にもしない。その責任の全てが個人に依存している。

誰かに責務を押し付け、その責任もまたクレイスに押し付けられている。

神の代行者、女神の御使いなどと大仰な名前を付けられているが、結局はあらゆる問題を押し付け解決を図ろうとする人身御供でしかない。

もし本当に魔王が人間の敵なら、何故誰もが無関心でいられるのか。

各国全てが協力し、人類全体として抗う相手ではないのか。

繰り返されてきた【勇者】任せの魔王討伐。

それはまさに質の悪いお伽話としか言えないものだった。

「勝手にやってくれよ……俺はそんなことに興味ないんだ」

クレイスがぼやくのと同時に、テーブルにはパスタが運ばれてきた。

◇　◇　◇

ペルンのギルドに足を運ぶと大歓声で迎え入れられる。

「おいドラゴンスレイヤーが来たぞ！」

「あれが噂の……」

「今日はいったいどんな非常識を見せてくれるのかしら！」

「っていうか、あの人、新聞に載ってなかった？」

赤い重装甲を身に付けた大柄の男が破顔しながらこちらに向かってくる。

「クレイス、俺は【レッドクリフ】のリーダー、ジョン。一応これでもAランクだ。これからよろしく頼む。他のメンバーは今不在だが、仲良くしてくれよ」

フハハハハハと、面白い笑い声を挙げながら握手を求めてくる。

見かけ通りの豪快な男のようだ。

「俺はこのギルドに来たばかりだ。街にもまだ慣れてない。なにかあれば頼らせてもらう」

「お前さんのような冒険者に俺が教えられるようなことなんてないと思うがな。これもなにかの縁だ。遠慮なく頼ってくれ」

仲間が欲しいわけではないが、社交辞令で話を合わせる。

と、クレイスを見つけたテイルが慌てて駆け寄ってくる。

「クレイスさん良かった、聞きたいことがあったんです！　クレイスさんってもしかして例のアレですか⁉」

「例のナニかは分からないが、とりあえずノーコメントで」

ギフトのことを言っているのだろう。

聖アントアルーダ教会が何を考えているのか分からないが、どのみち、あれだけ大々的に発表されてしまった以上、隠し通すことも難しい。

だが既に世界は大きく動き出している。

しかし、クレイスは知らない。

世界中で【聖杯】を巡る大きな激動が起ころうとしているとは――。

そして、世界も知らない。

クレイスにとって【聖杯】を巡る大きな激動などどうでもいいことを――。


「ここはもうパーっとSランクにしちゃいましょうSランクに！　え、ギルドの規則？　そんなのどうでもいいですって。だいたいクレイスさんがここにいるって知ったら、ギルドの中央本部から――」


Sランクに推挙してくれるのは有難いが、今のクレイスにはもう興味がない。

申し出をアッサリ断り、適当に新人冒険者向けに常備されている薬草採取の依頼書を手に取った。

本来なら受ける必要のないクエストだが、気分転換にはちょうど良い。

復讐以外に人生の意義を見失っている。殺意と空虚の狭間で不安定に心が揺れていた。そのジレンマが陰鬱としたものを溜め込んでいく中で、少しでも気を紛らわせようとしただけだ。

採取場所に向かったクレイスは、アタリを付けて立ち止まる。

心地良い風に少しだけ気持ちが軽くなるのを感じながら、独り言つ。

（こんなときは、いつもヒノカがいたんだけどな……）

いつも二人でくだらない会話をしていたことを思い出す。

かつて輝いてた思い出は、いつの間にか色褪せ、楽しさは悔しさに、悔しさは怒りに、そして怒りは悲しみに変わっていた。

「この辺り……か？」

依頼書を確認する。回復ポーションに使う薬草の採取がメインのクエストだ。

冒険者ギルドはポーションの原材料を教会に卸している。その教会が回復ポーションなど数種類のポーションを製造し、ギルドや一般市場へ卸すというのが基本になっていた。

ハンターはあまりやりたがらないが、薬草採取は、非常に重要度の高いクエストだった。回復魔法を使える白魔術師やプリーストの希少性もあるが、怪我をしがちなハンター達には、気軽に使える回復ポーションの恩恵は絶大だった。中には採取専門のハンターがいるギルドもあり、その需要が尽きることはない。

ふと、魔物の気配を感じた。

——近い

だが、それだけはない。

「——誰か襲われてる？」

依頼書をしまうと、クレイスは身体強化魔法を使い駆け出した。

◇　◇　◇

高速で移動するクレイスの視界が獲物を捕らえる。

どうやら敵は一体だけのようだが、人型の巨大な魔物が馬車を襲っていた。

何処かの貴族だろうか、数人の護衛が戦っているが、傍目にも戦況は芳しくない。

クレイスはおもむろに右腕を掲げる。

『――クラス4――魔殲槌ドドリオン』

虚空に出現した異界の門から、巨大な戦槌が召喚される。

その柄を片手で握り締めると、目前に迫ったオーガの頭に振り下ろした。

けたたましい衝撃音。土埃が視界を奪う。

気が付けば、地面には数メートルものクレーターが出来上がっていた。

「え？」

この場に似つかわしくない間の抜けた声と同時に、声すら上げる間もなくオーガの巨体が倒れ伏す。

「ライオットオーガか。怪我はないか？」

群れから放逐されたはぐれオーガの一種だが、だからといってこんなところに出てくるのは異常だった。タイラントウルフの出現もあったばかりだ。森の生態系に狂いが生じ始めている。

突然の乱入と衝撃に尻もちをついていた女性が立ち上がると、慌てて深く礼をしてくる。同じく先程まで戦っていた数人が頭を下げた。

「すまない助かった。急を要する移動で人数も少ないところを襲われてな。しかし、凄まじい力だ。あの巨体を一撃とは」

ライオットオーガは潰れたヒキガエルのようになっていた。

その女は戦々恐々とした視線を魔物に向けていたが、すぐに引き戻す。

「王女がご無事で良かった。私はキキロロ。この礼は必ず――」

「王女……？」

目の前に立つキキロロと名乗った女のポニーテールが揺れる。

軽装ながら、質の高い装備を身に付けている。その佇まいは騎士を彷彿とさせた。

若干、アクセントが特徴的なのは、彼女達が異国から来たからだろうか。

「わたくしからもお礼を言わせてください」

と、鈴を転がすような美しい声が響く。

馬車から降りてきたのは、十五歳くらいだろうか、アッシュブロンドの美しい髪が良く似合っている。可憐という言葉が相応しい、そんな少女だった。

「貴女は――？」

「わたくしは、ダーストン王国、第六王女スレイン・ダーストンと申します」

クレイスは厄介事に巻きこまれたことを察した。

「この度はお助けいただき、ありがとうございます。とてもお強いのですね」

朗らかに笑おうとしているが、まだ襲われたときの恐怖が抜けきっていないのか、スレインと名乗った王女の手は震えていた。

「無事で良かった。不躾な態度ですまない」

「い、いいえ！　お気になさらないでください！　わたくしは王女といってもお飾りのようなものですから、畏まって頂く必要はありません」

その口調には微かな寂しさが含まれていたが、クレイスは自分が気にしてもしょうがないとかぶりを振る。

「是非ともお礼をさせて頂きたいのですが、わたくし達は急ぎの旅であり、あまり長居している時間もないのです。心苦しいのですが、手持ちの金貨をお渡しするくらいしか今出来ることがなく――」

「気にしないでいい。じゃあ、俺は行く」

キキロロが困ったように声を掛けてくる。

「待ってくれ！　助けてもらった以上、なにもしないわけにはいかない。受け取ってくれないか？」

「なら、こうしよう。馬車でこの場所にいるということは、ペルンに向かっているんだろ？　俺が街まで護衛に付こう。その依頼料という形でどう？」

申し出を無下にも出来ず、クレイスなりの折衷案だった。

この街道はペルンまで一直線に繋がっている。どこか他の場所が目的地だとしても、ペルンを経由することは確実だ。

その提案にスレインは困惑を見せるが、やはり先程襲われたのがショックだったのだろうか、頷いてくれた。

「ありがとうございます！　貴方のようなお強い方が一緒ならば心強いです。お名前を伺ってもよろしいでしょうか？」

「冒険者のクレイス。短い間だがよろしく頼む」

ピシリと時間が止まったかのように場の空気が凍る。

「はい？」

王女だけではなく、護衛の者達も全員こちらに怪訝な表情を向けていた。

「えっと……クレイス様……でしょうか……？」

恐る恐るといった様子で王女が視線をチラチラさせながら訪ねてくる。

「俺がなにか……？」

言い難そうに王女は口を開いた。

「わたくし達は、貴方に会いに来たのです。御使い様」

王女たちは一斉にその場で跪いた。

冷や汗が止まらない。

「やっぱり帰っていいか？」

◇　　◇　　◇

「あれ、クレイスさん。お早いお帰りですね？　またなにかやっちゃいました？」

クレイスは薬草採取を切り上げペルンのギルドに戻ってきていた。

生憎とクエストは未達成だが、特に急ぐわけでもない。

妙に期待のこもった眼差しをテイルが向けてくるが、目を逸らす。

しかし、またなにかやってしまったのは事実なので、クレイスは正直に答えた。

「どうやら王女を助けてしまったらしい」

「え？　なんだって？」

確実に聞こえているはずだが、何故か突如難聴になりテイルが聞き返してくる。

どうもこの受付嬢のテンションには付いていけない。苦手なタイプだった。

「だから、魔物に襲われていたのは王女で、それを助けることになった」

「…………」

そのやりとりを見ていたスレインが困りながらも助け船を出してくれた。

「お初にお目に掛かります。わたくしはダーストン王国、第六王女スレイン・ダーストンと申します。クレイス様には道中で窮地を救って頂きました」

ダーストン王国は、帝国の東に位置し、この大陸で最も歴史ある国家である。

帝国と王国、並び立つこの二つの大国は、しかし、その一方で正反対でもある。

ダーストン王国は、その建国の経緯から、選ばれし王族により統治される絶対君主制を長きに渡り続けてきた。しかしそのあまりにも教条主義的な思想は、徐々に国力を疲弊させ、かつては絶大な影響力を誇っていた王国の凋落は著しい。

第六王女スレイン・ダーストン。

何故、そのような人物が冒険者ギルドに顔を出しているのか、疑問に思うのは至極当然のことだった。

ギルド中の視線がスレインに向けられていた。

スレインからは確かに王族特有の気品が漂っている。

その儚くも、美しい佇まいに納得するしかない。

テイルがニッコリと、だが、含みを持たせた笑みを浮かべる。

「やっぱり本物だぁぁぁあああ！　ちょっとクエストに行っただけでお姫様助けてくるステータスが高すぎて隠蔽してる系冒険者だぁぁぁぁぁああああ！」

テイルのテンションが無駄に荒ぶっている。

知的な外見に似合わず、テイルは悲しき残念美人だった。

「流石ドラゴンスレイヤーだぜ！　言ってる傍からこれとは常識外だ！」

「都市伝説が現実に……そんな馬鹿な、こんなご都合主義が許されて良いの⁉」

「この非常識っぷり、堪らない、堪らないわ！　ゾクゾクしちゃう！」

「今日の下着は黒よ！　ガチの勝負下着だからガチの。ワンナイトイリュージョン狙ってるから！」

「冒険者がそれで良いのか？」

「ねぇ。やっぱりあの人、新聞に載ってなかった？」

類は友を呼ぶ。このギルドにいる人達、おかしい。

と、思わずにいられないクレイスだったが、それを告げる気力はなかった。

「その……クレイス様は、とても慕われておられるのですね」

おずおずとスレインが話しかけてくる。

「アレはそういうのとは違うんじゃないか？」

各地で謎の無双系冒険者が暴れまわっているからだろう、断じて自分が原因ではないとクレイスは否定してみるが、やっていることは同じである。

所変わって、ペルンまで戻ってきた一行は、この街で一番の高級宿に部屋を取ると、早速王女が目的を話し始めた。

「単刀直入にお話しします。クレイス様は命を狙われております」

「俺が？」

このギフトの異常すぎる性能を考えれば、こういった厄介事に巻き込まれる可能性は予想していたが、思ったよりも遥かに事態の進行が早い。

ビクッと身体を震わせ、猛烈な勢いでスレインが謝罪をしてくる。

「申し訳ございません！　わたくしの力が及ばずこのような事態を招いてしまいどうかお許しください！　この不手際の始末は必ず――」

「王女様に謝っていただくわけにもいきませんが、何故そんなことに？」

「クレイス様、わたくしのことはスレインとお呼びください。口調も気にして頂く必要はありません。御使い様に様などと呼ばれているとミラに知られればどのような目に遭うか……」

「ミラ？」

「い、いえ。こちらの話です！　お気になさらず」

「はぁ」

ミラ。その名前には何処かで聞き覚えがあった。

具体的に言えば、つい最近新聞で見たような。

ついで言えば、ダーストンにいる【聖女】だったような。

ガクガクと震えていたスレインだったが、ゆっくりと事の顛末を話し始めた。

「――今から六日前のことです」

◇　◇　◇

「馬鹿な!?　その良く分からん小僧に儂が頭を下げろというのか！」

ダーストン王国、十四代目国王ポポロギンス・ダーストンは口角から泡を飛ばしながら目の前の少女を睨みつけた。が、その少女がただの少女ではないことは、この場にいる全員が知っている。

「小僧ではありません。クレイス様です。不敬な発言を続けるのであれば教会はこの国を支持しないとご理解ください」

目の前の少女、【聖女】ミラ・サイトルパスは、ポポロギンスの剣幕に物怖じすることなく、冷然と言い放った。

「グッ……。しかし、そのような得体の知れぬ者をこの城に呼ぶなど……」

「学習能力がないのですか？　呼ぶのではなく貴方が出向くのです」

身も蓋もない物言いにポポロギンスが激高する。

「ふざけるな！　御使いだかなんだか知らんが、そんなにご執心ならお前達だけで勝手にしろ！」

「陛下、お怒りをお静めください。聖女様も、此度のお話、誠に信じ難いものばかりでございます。少しばかりお時間を頂けないでしょうか？」

宰相のフリッツが仲裁に入るが、ミラの結論は変わらない。

なにより、ミラ個人の見解ではない。教会そのものの意向であり、ミラはそれを伝えているにすぎない。ポポロギンスやフリッツもそれを理解しているからこそ無下に出来ず、その提案に困惑するしかなかった。

「いずれにしても教会は既に恭順の意を示しています。しかし、憶えておきなさい。その力は本物です。それがどういうことか、理解出来ますかポポロギンス国王」

「なにが言いたい？」

ギロリと眼光鋭く睨みつけるが、やはりミラはものともしない。

「ポポロギンス国王、王家の正当性とは何なのか？　貴方は何故その地位に就くことが可能なのか考えたことはありますか？」

「我らダーストン王家は、代々【王紋】を受け継ぐ王の一族だ。それがなんだというのだ！」

そこで初めて無表情だったミラが冷笑を浮かべる。

「ではポポロギンス国王、【王紋】とは何か？」

「初代ルクザール・ダーストンが授かったギフトである！　この問答に何の意味があるというのだ……まさか——⁉」

ようやくそれが意味することに気づいたポポロギンスの顔が真っ青になる。

「そう、【王紋】。つまりそれもギフトです。ポポロギンス国王。クレイス様を怒らせればどうなるのか、理解出来ない程、愚かでもないでしょう」

ポポロギンスは戦慄する。

それは存在してはいけない可能性だった。

このダーストン王国を根底から覆さんとする悪意。

「まさか、そんなことが出来るわけが——」

「ないと言えますか？　怒りを買い、ダーストン王家がこの国を統治する資格がないと判断されれば、王家以外の者に【王紋】を授けるかもしれない。そうなればダーストン王家の正当性は失われ崩壊します」

ミラは玉座で唖然としているポポロギンスと、その周囲を囲む者達を睥睨しながら言葉を重ねる。

「今一度よく考えることですポポロギンス国王。もしクレイス様が新たな王を選定した場合、教会はその者を正当な統治者と認定するでしょう。そしてそれに反対するなら、ダーストン王家こそが背教者となることを憶えておいてください」

そう言い残し、広間を出ていくミラの背中を忌々しく睨みつけながら、ポポロギンスは玉座に深く腰を落とした。

「……フリッツ、今の話、信憑性があるものだと思うか？」

「分かりませぬ。しかし、【聖杯】のギフトを持つ者が存在することは確認されております。それがもし本当に教会の言うような力を持っているのであれば或いは」

「ありえぬ！　そのようなことがあっていいはずがない！」

ポポロギンスがこのように恐れるのには理由がある。

ダーストンは国土の二割を砂漠が占める痩せた大地だ。当然、農耕には適していない。その為、食糧難に陥りがちな傾向があり、他国から食料や家畜の飼育に必要な穀物を輸入している。それら必要物資の輸入額は国庫を大きく圧迫していた。

それにより税金の引き上げが進み、庶民の生活は決して楽ではない。そうした状況にも関わらず、旧来的な一次産業重視の経済構造を続けてきたことで、その国力は著しく疲弊していた。帝国と王国、二大国家と呼ばれる両者だが、地理的条件の優位さでは帝国には遥かに及ばない。

一方、ダーストン王家は、王族のみが継承する【王紋】によってその地位を盤石なものとしている。故に支配階級という特権を脅かされることがなく、おしなべて放漫、浪費傾向にあり、典型的な王族による国民への搾取構造が構築されていた。

これまでなんとか国民の不平不満を抑圧し続けてきたが、新たに【王紋】を授かった者によってダーストン王家の正当性が揺らげば、国民はそれを歓迎するだろう。

「そのようなことは許されぬ！　ダーストンは我が王家が支配する国。よそ者によって統治されるなど認められるものか！」

「では、いかがなさいますか陛下？」

「芽は摘んでおかねばならぬ。『夜叉』を呼べ」

「――!?　では……？」

酷薄な笑みを浮かべるポポロギンス。

「そのようなイレギュラーなど、この世界には必要はない」

ポポロギンスは知らない。

それが崩壊への序章であることを――

◇

「愚かな男です。……急ぎなさいスレイン」

計画はもう始まっている。今更ポポロギンスが事の重大性に気づいても遅い。

後は、【聖杯】の協力が得られるかどうかに懸かっている。

スレインは上手くやるだろうか、やらなければこの国は近く亡（ほろ）ぶだろう。

ミラは、親友の姿を思い浮べながら、胸中で密かに祈りを捧げた。

◇　　　　◇　　　　◇

スレインが話を終えると、重苦しい沈黙に包まれる。

しかし、クレイスはどうしても腑に落ちないものがあった。

「悪いけど、全部そっちのお家事情であって、俺には関係ないな」

　スレインがサッと目を逸らす。

「やることがあって忙しいんだ。ダーストン王国とかハッキリ言ってなんの関心もないし、だいたいそんな重要そうな問題を持ち込まれても困るというか、勝手に恨まれて殺されるとか傍迷惑すぎるだろ」

　ポニーテールの女騎士、キキロロが勢い込んで頭を下げる。

「どうか我らに道をお示しくださいクレイス殿！　今日、我々がここまで来たのはミラ様の助言であり、このままおめおめと引き返すわけにはいかないのです！」

「クレイス様、ダーストンの民は圧政に苦しんでいます。それを解放する為にもお力をお貸ししては頂けませんか？」

　必死に頭を下げてくるが、どうでもいいものはどうでもいい。

　だいたい部外者が手を貸すことが正しいとも思えない。

　仮にクレイスが手助けしたとして、それで納得が得られるのか。

　しかし、この様子だと言って諦めるようにも見えなかった。深いため息を吐く。

「君達はそれで俺に何をして欲しいの？」

　尋ねると、スレインが服の裾をめくり、左手首をクレイスに向ける。

「……えっと、日焼け止め塗ろうか？　綺麗な肌だけど」

　それが何を意図しての行動か分からず、とりあえず見たままを答える。

「あ、ありがとうございます。……ですが、違います！　そのようなお話ではなく、ご覧いただいた通り、わたくしには【王紋】がないのです」

若干、スレインが顔を赤く染めている気がするが、それはさておき、続く言葉は興味深いものだった。

「君は王族じゃないのか？」

「わたくしは、国王ポポロギンスが娼婦との間に設けた、妾腹の娘なのです。その後、ポポロギンスは母を捨て、生まれたわたくしは、名目上だけは王女という地位を得ました。ですが、権力も何もありません。そしてわたくしには【王紋】も引き継がれなかった」

伏し目がちに話すスレインの言葉には怒りが込められていた。

「ダーストン王家は、その地位を笠にきて圧政を繰り返しています。国庫は困窮し、民は苦しむ一方です。産業構造の転換は必要不可欠。しかし、現国王含め、王族の誰もがそれを理解していない。そんなわたくしの話し相手になってくれたのが、ダーストン国の【聖女】ミラです。ミラはわたくしの親友で、ずっと密かにある計画を練ってきました」

そこまで聞けば、自ずと何を言わんとしているのかは分かる。

「謀反か」

「……はい」

それはこのような場所でするにはあまりにも場違いな話題と言えた。

しかし、スレイン含め全員の顔は真剣そのものだった。

「それが何を意味するのか理解しているのか？　【王紋】がないとはいえ、君もダーストンなんだろう？　成功すれば君は父親を殺すことになるかもしれない。失敗すれば君は殺されるだろう」

「わたくしは、ポポロギンスを父親だと思ったことはありません」

「恨んでいるのか父親を？」

「そう……ですね。母が死んだとき、ポポロギンスは顔も見せなかった。父とは思いたくありません。わたくしはあの男を憎んでいます。あのような者が王であってはならない——」

「それで、【王紋】か」

「はい」

一通り話を聞いてなお、クレイスは協力する気にはなれなかった。

結局は何を言ったところで他人事でしかない。王国の行く末になど興味がない。

「既に王宮内には複数の協力者がいます。国民の間にも信頼出来る者たちに話を通し、準備を進めてもらっています。後もう一歩なのです。どうか、どうかお力をお貸しください！」

クレイスには気に入らないことがあった。

だが、それをこの目の前の少女は理解していないだろう。

では、入れ知恵をしたという【聖女】ならば、どうか？

「断る。君に【王紋】は授けない」

「そんなっ⁉」

「だが、【聖女】には幾つか言いたいことがある。俺を狙っているとかいう王様にもな。今すぐにダーストンに向かう。準備して欲しい」

「え？」

クレイスはニヤリと告げた。

「さっさと終わらせよう」

◇　◇　◇

「ヒュリオット殿下、税の減免嘆願書が届いておりますが如何なさいますか？」

ダーストン国、第一王子ヒュリオット・ダーストンは自身の執務室で深々と息を吐いた。

ヒュリオットは眩しい金髪を撫でつけながら、不機嫌さを隠す事もなく文官のエルドリックと会話を続ける。

「まったくいつになったら足りない頭で学習するんだろうね？　社会福祉の充実には税が不可欠。それなのに感謝ではなく意見するなんて、これは反逆だと思わないかい、エルドリック？」

「で、ですが、ヒュリオット殿下、昨年は干ばつによる影響で穀物の収穫量が大きく減っています。考慮しても良いのではないかと……」

「君も僕に意見するのかい、エルドリック？」

「い、いえ……そのようなことは」

エルドリックは怒りを抑えながら冷静に答える。

だが、目の前の男は、そんなエルドリックの様子にさえ気づかない。

「その嘆願書を出してきた奴を鞭打ち刑にしよう。広場で見せしめにしてやれば、身の程というのを弁えるだろう。死刑にしないだけ有難いと思って欲しいね」

「な……⁉」

(何が社会福祉だ俗物めが！　このようなことがあってはならぬ！　いつからこの国はこれほど腐ってしまったのだ。……この嘆願書を出してきた者の名前、確かスレイン様の賛同者だったはずだ。志同じくする同士を失うわけにはいかない。スレイン様、計画の実行はまだなのですか？)

エルドリックは面従腹背の姿勢を見せると、静かに執務室を後にした。

◇　◇　◇

「こんなギフトがあっていいのか……」

「なんだか、恐くなってきますね……」

スレインやキキロロ達の表情は一様に引き攣っていた。

ギフトの力に慄いている一行を無視して、クレイスは淡々と告げる。

「『転移』は本来なら自分が行ったことがある場所にしか使えないが、ダーストンの位置情報を知っている君達の記憶を『探査』すれば問題なく使える。ま、これもギフトの応用だな」

「本当に一瞬で帰れるのですか？　わたくし達がここまで来るのにかなり時間が掛かったのですが

……」

「あまり長引かせたくない」

「そういう話ではなく……」

【禁忌魔法】だからな」

「いえ、ですからそういう話でもなく……」

投げやりなクレイスの言葉に困惑する一同だったが、クレイスは面倒くさい説明は全て【禁忌魔法】とでも言っておけば勝手に納得するだろうと見当外れなことを考えていた。

「それで、どちらに転移されるおつもりですか？」

【聖女】に言いたい事がある。まずは教会に飛ぶぞ」

着いたのは、神殿だった。

「ここがダーストンか」

クレイスは感慨深く周囲を見渡す。見慣れない建築様式、帝国とは違う乾燥した空気がここがダーストン王国であることを物語っていた。

今度は短距離転移を使うと、警備の目を掻い潜りミラの部屋の前まで飛んだ。

既に公務は終わっているのだろう。スレインが扉を叩く。

「ミラ、スレインです。よろしいですか？」

目的の人物は、存外あっさりと顔を見せる。

「——スレイン⁉　何故貴女がここにいるのですか？　一刻を争うことは貴女が一番分かっている

はず。クレイス様に会いに行くようにとあれほど——」

「君が【聖女】ミラか？」

ハッとしたような表情で、ミラがこちらに視線を向ける。

休んでいたのか、ミラは寝間着姿だった。

「ミラ、わたくし達はクレイス様のお力で帰ってきたのです」

「も、申し訳ありません！　私はミラ・サイトルパス。この国の【聖女】です。ですが、何故こんなにも早くこの国にクレイス様が——」

「ここでするような話じゃない。まずは部屋に入れてくれ」

クレイス達はミラの部屋に入ると、これまでの経緯を話し始めた。

「『転移』……確か過去にはそのような魔法があったと記録されていますが、まさか実際に使用可能とは……。クレイス様はやはり天の御使いなのですね！」

「【禁忌魔法】だ」

「しゅごい……」

いい加減な説明にうっとり悦に入っているミラだが、今はそれどころではない。

「それはともかく。ミラ、スレインに俺を頼るように言ったのは君らしいな？」

「はい。どうしてもクレイス様のお力が必要だったのです」

「教会がそんなことに加担して良いのか？」

「勿論、そのような干渉は本来許されません。ですが、クレイス様のご意向があれば別です。現国王ポポロギンスを含めた王族を背教者とし、スレインを正当な王として認定出来ます」

「だが君はスレインに二つ隠していることがある。違うか？」

「……お見通しなのですね」

その言葉にショックを受けたのはスレインだった。

「ミラ、わたくしに隠し事があるのですか⁉　わたくし達は親友でしょう！」

「スレインごめんなさい。でも、必要なことだったのです」

やはりスレインは気づいていなかったようだ。

クレイスから見て、スレインはとても気品高く優しい少女に見えた。だからこそ、理解していれば彼女が持つはずの葛藤が見られなかったことを不審に思っていた。

「ポポロギンスに何故【王紋】の話をした？　君達が計画を実行するなら、警戒させずに黙っていた方が得策だったはずだ。ましてや謀反を企てるのであれば、【王紋】を持たない妾腹の娘であるスレインは真っ先に容疑者として疑われる」

「スレインは私の手伝いをするよう、公務でこちらに出向している形になっています。気づかれてはおりません。その間、密かにクレイス様に会い、ご助力を乞うつもりでした」

「なるほど、だがそれでは答えになっていない」

クレイスは真っ直ぐにミラを見据える。

「君は俺を利用したな？　君は俺の敵か？」

「申し訳ありません！　ですが、決してそのようなつもりではございません！」

スレインはわけがわからず両者の間で視線を往復させながらオドオドしている。

ミラは単にスレインに【王紋】を授けさせるためにクレイスの下へと向かわせたわけではない。

「ミラ、君が俺のことをポポロギンスに話して謀反を意識させたのは、それでポポロギンスが俺に対して何らかのアクションを起こすだろうと予想していたからだ。事実その通り俺の命を狙って刺客を送り込もうとしているんだろう？」

「……はい」

「もし君が俺のことを伝えなければ、スレインが俺に会いにきたとしても、俺はダーストン王国とは一切何の関係もない部外者だ。君達に関わる理由がない。だが、君はポポロギンスに俺の命を狙わせることで俺を巻き込んだ。違うか？」

「……その通りです。クレイス様を利用しようとした罪は私の命を以て償います！　ですが、クレイス様のお力で、どうかスレインに【王紋】を授けてくださりませんか？　でなければこの国は――！」

「断る」

「――そんな！」

キッパリ告げると、ミラの表情がハッキリと青ざめる。

「もう一つはそのことだ。俺がスレインに【王紋】を授けて謀反が成功すれば、スレインが女王に就任したとしても、実質的にはその上に俺の存在があることになる。どう取り繕っても他国はそう判断するだろう。俺を庇護者にすることで、スレインを護るつもりだったのか？」

「はい。スレインはまだ若い。成功したとしても内外に敵は多い。しかし、クレイス様の庇護下にあるとすれば、これほど安全なことはありません」

「ミラ……」

その言葉に嘘は込められていない。

だが、だからこそクレイスは告げる。

「スレイン、ミラ。何故俺が【王紋】のギフトを授けないか分かるか？」

「いえ……」

「面倒だからだ」

「そ、そんな理由で⁉」

身も蓋もない理由だが真実だった。

「それが一番の理由だが、もう一つある。スレイン、君に【王紋】を授け、謀反が成功したとしよう。君が女王になり、確かに一時的にこの国は救われるかもしれない。だが、その後はどうなる？」

「その後ですか……？」

スレインはミラと目を合わせるが、明確な答えは返ってこない。

「君から【王紋】を受け継いだ子供が次の王になったとして、その子供は君と同じ理念を持っていると言えるのか？」

「それは……」

「君の子供くらいまでなら、君自身で責任が持てるかもしれない。だが、その子供の子供はどうだ？

君がいなくなった後、連綿と【王紋】を受け継いだ君の子孫達は果たして君と同じだけの志を持った王となるのか？」

口を噤むスレインとミラ。

そう、それがこの【王紋】というギフトの問題点だった。

代々続くそれはいつしか祝福ではなく呪いへと変貌してしまう。

そしてその呪いが故に、現在のような状況に陥っているのがこの国だった。

「そうなればポポロギンスと同じだ。この国を興した初代国王は素晴らしい人物だったのかもしれない。しかし、【王紋】が受け継がれる中、今ではこの有様だ。スレイン、ミラ。君達はそんなことが起こらないと、未来に責任が負えるのか？」

「……無理……です」

「俺はそんな責任を背負えない。だから君に【王紋】は授けない。分かるな？」

「……はい」

悔しさで唇を噛みしめながら、いつしか二人の目からは涙が零れていた。

その姿にふっと表情を緩めると、二人の頭に優しく手を置く。

「だがまぁ、俺を殺そうとしている報いだけは受けさせる。その分だけ協力しよう。スレイン、ミラ。未来は未来の者達に任せろ。だったら、どうすればいい？」

「いったい何を……？」

クレイスは二人にこれからやろうとしていることを告げる。

「——授けるんじゃない、奪うのさ」

「そのようなことが可能なのですか？」

驚愕に目を見開くスレインとミラの視線が突き刺さる。

それはまさしく非現実的な提案に他ならない。

「だが、この方法を使えば仮に謀反が成功し、スレイン、君が女王になったとしても、それを国民が支持するとは限らない。そして以降も君は自分が王として相応しいのだと証明し続けなければならない。それが出来るか？」

その覚悟があるのかどうか、スレインの目をクレイスはジッと覗き込むが、それと同時にあまりに無意味な質問であることに気づく。この国を変革しようとしている二人に今更その覚悟を正すなど、自分は何様になったつもりなのか。そんなもの、とうに決まっているはずではないか。

「わたくしは王になりたいわけではありません。それしか選択肢がないのだと思っていただけなのです。ですが、もしそのようなことが可能なのだとすれば、もうこの国に王はいらないのかもしれません。ミラ、貴女がなってみる女王に？」

「スレイン、私がそんな柄ではないことを貴女が一番良く知っているでしょう」

「夫はクレイス様かもしれませんよ」

「なるなる！」

「ちょいちょい性格変わるよな」

「ミラは結婚願望が強いので」

そういう問題ではないと思うが、結婚はともかくクレイスは告げる。

「これ以上の干渉をするつもりはない。あくまでも君達がやらなければ価値がないことだ。仮に失敗して君達が磔にされ処刑されても俺は助けない」

「それでも構いません。もともと巻き込んだのはわたくし達なのですから」

スレインの瞳は確たる決意に満ち溢れていた。

「君の子供が王に就くことも出来ないかもしれない。それでもいいのか？」

「その子が器ではないだけです。ダーストンという呪いから脱却せねばなりません。政治体制の変革こそ、今この国に求められていること。他に相応しい方がいるのなら、その方が指導者になればいい」

ミラにも問いかける。

「ミラ、君はそれで良いのか？」

「クレイス様に心よりの感謝を――」

「ハッキリ言って、俺は君達の計画が成功しようが失敗しようが正直どうでもいいと思っている。この国の行く末を無関係な俺が決定して良いはずがないからな。俺がやるのは敵対してきた奴にお仕置きするだけだ」

「分かっています。後はこの国に住む私達の問題です」

「二日だけ待つ。君達には協力者がいるんだろう？　根回しでもなんでもするといい。二日後に俺は王宮に行ってやりたいようにやる。タイムリミットはそこまでだ。その後どうするかは君達次第だな」

話を打ち切る。もう良い時間だった。

二人にとっては、運命を決定付ける二日間となるはずだ。

慌ただしく、張り詰めた緊張の中、それでも彼女達は未来の希望に向けて歩み続けるのだろう。

だが、クレイスには関係ない。

(俺は停滞しているのか……？)

クレイスには二人の姿が眩しく映っていた。

強固な意志、確たる信念。少女達には、それがある。

——ならば、自分は？

あの日から、自分の人生は復讐に支配されている。生きる目的がそれだけしかない。そして、その復讐が終われば、自分にはきっと何も残らない。大切だった幼馴染を失い、目的を失い、それから先、自分がどう生きれば良いのか分からない。

こうしてスレインやミラ達に力を貸そうとしているのも、誰かに必要とされたかっただけなのかもしれない。しかし、それはクレイスが必要とされたわけではない。価値があるのはギフトであってクレイス自身に価値などなかった。

堂々巡りに陥る思考を振り払う。

「なら、話は終わりだ。何処か泊まれる場所はあるか？」

「わたくしの家にお泊りください。王宮ではないので、小さな家ですが」

「構わないさ」

出ていこうとしたところで、ミラが背中越しに声を掛けてきた。

「あの……クレイス様。最後に一つだけお尋ねしてよろしいでしょうか？」

「なんだ？」

ミラは若干口ごもると、初めて年相応な少女らしい表情を見せた。

「いつか……私にも【聖女】以外の道があると思いますか……？」

「そうだな。君がそれを望むのなら、そんな未来もあるかもしれない」

「――ありがとうございます」

ミラの真意はなんだったのか。

何故、そのようなことを言い出したのか。

ただ、それを聞くつもりはクレイスにはなかった。

◇　　◇　　◇

「クレイス様、ミラからの伝言です。【王紋】を持つ王族五人を全員集めたと」

緊張した面持ちのスレイン。その表情は強張っている。

この国にとって、今日という一日がどういう日になるのかを考えればそれも仕方ないことだろう。

だが、それはこの国に住まう者達が決めるべき選択だ。

「名産品も買ったし、そろそろ帰るか」

「ふふっ。もう少しだけお付き合いください」

自らの緊張を解きほぐすように、少女はふわりと柔らかい笑みを浮かべた。

「折角だし、派手な方が良いだろ？」

景気づけとばかりに、王宮の城壁を魔法で吹き飛ばす。

加減したつもりだったが、想定外に大きな穴が開いてしまい、クレイスは若干反省していた。修理が大変そうだ。悪いなスレイン……。

突如として始まった騒動に慌ただしくなる王宮内を突っ切り、スレインと共にそのまま一気に王族達の集まるフロアに踏み込んだ。

「なんだ、なにが起こっている⁉　それにお前は――」

誰も事態を呑み込めないまま喧騒が続く。

収拾を図ろうとポポロギンスは渋面を作ると、周囲に指示を出すが、どうにも動きが鈍い。

「近衛兵を呼べ！　このような所にまで不審者の侵入を許すなど、騎士団は何をやっている！」

「まったく、この国の兵士達はいつからこんなに無能ばかり集まるようになったんだい？　死罪にされたくなかったら早く対応を――」

ヒュリオットも指示を出そうと動くが、騎士団は積極的な動きを見せない。

それどころか、まるで何かが起こることを知っているかのような――

と、そこで王族達と並んでいたミラが対峙し声を荒らげる。

「王、この御方こそ【聖杯】クレイス様です。不敬な発言は控えなさい」

「父上、本日は一つ重要なお話をせねばなりませぬ」

何か決定的な事態が起こりつつある、ポポロギンス達はようやくそれを察した。

スレインも前に出るが、王の視線はクレイスから離れない。

「御使いだと？　お前はエクラリウスにいるはず！　何故ダーストンにいる⁉」

「ただの観光だ」

なげやりな返答を返すと、目に見えてポポロギンスの顔色が憤怒に染まる。ヒュリオットがスレインを睨みつける
「まさかスレイン、君が連れてきたのか？　なにを企んでいる？」

「クレイス様は父上の愚かな対応にお怒りです」

その視線を意に介さず、スレインが粛々と告げると、一瞬にして真っ赤だったポポロギンスの顔色が青く染まる。

「儂はまだ何もしておらんぞ！」

「クレイス様に刺客を差し向けようなどと愚かな企みを持つからです！」

ポポロギンスがサッと目を逸らすが、その沈黙が雄弁に物語っていた。

「内輪揉めはどうでもいい。それよりポポロギンスとかいったか。お前、俺の命を狙っているらしいな」

「き、貴様、その口の聞き方はなんだ⁉　儂はこの国の国王ポポロギンス・ダーストンだぞ！　不

敬罪で──がぁぁぁぁぁぁぁぁ！」

面倒になり、クレイスはとりあえず殴り飛ばした。

周りに集まっている他の王族、宰相、貴族など一様に顔面蒼白になっている。

「お前達の話を聞く気はない。俺が一方的に喋るだけだ」

「神託です。心して聞きなさい」

「さっさと用件だけ話すが、お前らが俺の命を狙うなんて馬鹿げたことをしたおかげで、俺は遠路はるばるこんなところまで来るハメになった。巻き込んだ罰として、お前らが持つ【王紋】のギフトを剥奪する。これから王族でいられるかどうかはこれまでの行い次第だな。ま、頑張って」

べらべらと通告するが、これといって別に反論を求めているわけではない。

「何を言ってる貴様⁉　そのようなことが出来るわけ──」

「　　　【Deprive】　　　」

「な、何を──」

「これでこの場にいる全員の【王紋】を剥奪した。呆気ない最後だったな」

まるでなんの感慨もなく、あまりにもあっさりとそれは達成された。

この国を苦しめ続けてきた呪いの解除、それはいとも簡単に成された。

慌ててポポロギンス達が左手首を確認するが、確かにそこにあるはずの【王紋】は消失していた。

まるで何でもないことのように話すクレイスに憎悪を視線を向けるが、どうにもならない。

「ば、馬鹿な⁉　貴様のギフトはギフトを授けるものではなかったのか！」

「与えるだけだと逆に不便だろうが。お前達が俺にちょっかいを掛けてこなければ別にどうでもよかったんだが、これもお仕置きだと思ってくれ」

「頼む、それだけは止めてくれ！　クレイス殿、儂が悪かった！　金なら幾らでも用意する！　女でも地位でも何でも差し出そう！　何でも言う事を聞く！　だから【王紋】だけは、それを奪うことだけは止めてくれ！」

「ク、クレイス様、私は貴方こそが御使いだと信じておりました！　反抗的な態度を取ってしまい申し訳ありません！　我らにチャンスを、今一度チャンスを【王紋】をお授けください！」

「そういうのいいからホント」

先程までの高圧的な態度が嘘のように涙を流しながら懇願するポポロギンスやヒュリオット達を冷たい視線で見つめながら、ミラが最後通牒を投げつける。

「ポポロギンス国王、【王紋】が失われた今、貴方は果たして王なのですか？　教会は【王紋】を剥奪されたような者をこの国の王とは認めないでしょう」

「いい加減なことを言うなエセ聖女め！　代々この国はダーストンが治めてきたのだ！　王不在で誰が舵を取るというのだ！」

長らく続いてきた統治体制が覆されようとしている。ポポロギンスも、【王紋】の剥奪が何を意味するのか瞬時に理解していた。

「国民が決めれば良いではないですか！　この国にはもう腐敗と堕落、災禍を招くだけのギフトが決めた絶対君主は要らぬのです！」

高らかにスレインが理想を掲げる。

ギフトが祀り上げる呪われた王。その呪縛から解き放たれ、ダーストンという国は未来へ踏み出すのだと、スレインは滔々と演説をふるう。

「なお、この模様は教会が所持する水晶の力を使い王国の複数個所でライブビューイング中継が行われています。それも無料配信です。当然、リアルタイム以外でも視聴可能で録画録音も自由です。あぁ、回線の負担を気にする必要はありません。教会の自腹ですから」

いつの間にそこまで準備を進めていたのか、あまりにも手際が良い。

「さて、今一度考えなさいポポロギンス国王。果たして国民は、貴方を再び王として選ぶでしょうか？」

淡々と告げるミラの口調には断罪の響きが込められていた。

クレイスは良く知らないが、それほどまでにこの国の現状は酷かったのだろう。それが解放される日が来たのだ。良く知らないが。

騎士団が依然として動きを見せない中、キキロロ達は王族達の拘束を始めていた。入念に準備がしてあったことが伺える。王族達はまるで人心の掌握が出来ておらず助ける者達もいない。クレイスが何かをしなくても、この国はいずれ限界に達して謀反が起こっていたと思わせるものがあった。

ミラ達が求めていたのは文字通りラストピース、大義名分だけだったようだ。

ここからはもう自分の出番ではない。

そう判断したクレイスが帰ろうと踵を返すと、おもむろに笑い声が響く。

「カカカカ！　まさか殺しに行く前にノコノコやって来るとは、御使いとやらは随分とせっかちだのう」

「夜叉！　これまで何をしておったのだ⁉　今すぐそいつを殺せ！」

一転、強気になった情緒不安定なポポロギンスが叫んだ。

「やれやれ、旦那もせっかちで困る」

「早くやれ！　王に楯突く反逆者を始末するのだ！」

夜叉と呼ばれたその男は中肉中背、頭を丸めており、その風貌はまるで修行僧のように見えた。しかし、決して単なる修行僧ではない。尋常ではない覇気を纏っている。笑顔とは裏腹にその目は獲物を見定めている。

「なるほど、アンタが俺を殺そうとしていた奴か」

「カカカカ！　如何にも。某（それがし）こそ【拳聖】の夜叉。いやはや、飛んで火にいるなんとやらというところか」

「それはお前じゃないか？」

夜叉と呼ばれた男の視線が一段と鋭さを増す。

「某はこう見えても王国最強を授かっておる。幾ら御使いとて――」

「己惚（うぬぼ）れるなおっさん。どう見えようが勝手だが、お前が俺を殺しに来ていたら俺はお前を殺している。お前の人生、鍛錬、培ってきた全てを一瞬で無駄に散らすことは造作もない。が、わざわざ手を出す前に来てやったんだ。この意味が分かるな？」

あまりにも傲慢としか言えないクレイスの言葉に夜叉が僅かに逡巡する。

夜叉の目の前に対峙する男、それはまさに超越者だった。

「カカカカ！　なるほどなるほど。これは手厳しい。して御使い。どのようにここまで来た？　主はまだエクラリウスにいるはずではないか」

「『転移』を使った」

「ほう、そのような便利な力があるのか？」

既視感のある問答に同じく既視感のある答えを返す。

「【禁忌魔法】だ」

「なんでもありではないか。主は恐ろしいな。やはりその力、某の及ぶところではないのか……？」

「賢くて助かる。ついでに言えば【拳聖】も量産品だぞ。己惚れるな」

「自信をなくすのう……」

しょんぼりと項垂れる夜叉だが、先程までと違いその身に纏う覇気は霧散していた。完全に争う気がなくなったのだろう。

完全無欠の説明である禁忌魔法はここでも有効だった。厳密には色々細かいところはあるのだが、説明が面倒くさいものは全て【禁忌魔法】といっておけばだいたいどうとでもなる。どうせクレイスしか使えないのだから説明も検証も必要ない。

「旦那、こいつは無理ですぜ。戦う事に躊躇はないが、勝つとか負けるとかそういう話じゃない。最初から勝てない相手に無駄に挑んで死ぬのは勘弁でさぁ」

「な、なにを言ってる夜叉⁉　お前はそれでも王国の戦士か！」

「某はこれからの王国に期待することにしましょう」

「ふざけるなぁぁぁぁぁぁぁぁぁぁぁあ！」

夜叉はあっさりとポポロギンスを見限った。

それでも王国に尽くそうという気概が残っている辺り、愛国心はあるのだろう。

「あとは勝手にそっちでやってくれる？」

既に自分の出番は終わっている。好き放題に場を荒らすだけ荒らして、混沌の渦に叩き込んだらお役御免だ。スレインやミラ達の視線が何かを訴えかけているが、これ以上何かをするつもりもない。

「よし、一件落着だな」

全てを投げっ放しにして、ひたすら無責任にそれだけ呟くと、クレイスは再び転移を使いダーストン王国を後にした。

◇　◇　◇

あれからしばらく経ち、ダーストン王国は滅びた。

滅びたといっても国家が消滅したわけではない。王国という名が崩壊し、共和国へと体制変更が行われた。ダーストンという名前を残すかどうかは今後、国民投票で決定されるという。

王家が廃止されたとはいえ、国家名に愛着を持っている国民も多い。どのような結果が出るかは分からないが、いずれにしても新たな道へと進み始めた。

享楽の限りを尽くしていた王族はポポロギンスと共に処刑され、国家主席としてスレインが暫定的な代表となった。後見人は【聖女】のミラが務める。こちらもまた、新たな国家代表を選挙によって選ぶとし、スレインはその地位に特段の執着を見せていないらしい。

問題なのは【聖女】のミラである。本来、教会に所属する【聖女】が、国家運営に深く関わることは内政干渉にあたる。しかし、ミラは御使いの意向とし干渉を止めなかった。スレインもまた王家廃絶に伴い、王を不要としたのは御使いの意向というクレイスの名前を最大限利用した。

なんでもかんでも御使いの意向でゴリ押しすれば良いと思っている。

そうなったのは、クレイスが後始末を一切せずにその場を後にしたからであるが、それを本人は知る由もない。因みにそのことをクレイスが知るのは、もう少し後のことである。

ギフトによって与えられた王という地位を、ギフトの剥奪によって失ったダーストン王家には、なんの求心力も残っていなかった。溜め込んでいた資産は国民に分配され王城は解体。跡地には議事堂が建設予定だという。

だが、話はそれで終わらない。

教会により、大々的に御使いの存在が発表され、瞬く間にダーストン王国が崩壊したという事実は、他の国家にとてつもない衝撃をもたらした。

御使いに反抗したダーストン王家が【王紋】を剥奪されたという話は当然の如く伝わることにな

り、大陸中を震撼させることになった。それまでどの国家も、女神の代行者、御使いの扱いに困惑していたのが、この一件を持って決定的となる。

――関わるだけ損――

――触らぬ神に祟りなし――

というコンセンサスが各国で出来つつあった。

さりとて友誼を結べば安泰かというと、そう簡単な話でもない。

クレイスの意向を汲み取ったミラは、御使いは、わざわざ敵対するような真似をしなければ干渉を望まないという旨を公表。それにより、クレイスの知らないところで、その存在は腫物扱いとなっていた。

目を合わせると国家を滅ぼしにかかる要注意人物。

歩く自然災害、大陸間弾道大迷惑野郎など散々な言われようである。

概ねそういう理解が各国首脳陣に共有される中、そんなことは露も知らないクレイスは一人、アンドラ大森林の中を歩いていた。

「あの魔物達はなんだったんだ?」

自らが殺されかけたタイラントウルフの異常発生。

全滅させたとはいえ、本来いるはずのない森の浅い場所に危険度の高い魔物が姿を現すのは異常事態だった。スレイン達が襲われていたライオットオーガもまた、あのような場所に出現するのは不可解だ。

原因を予想する中、可能性が高いのはアンドラ大森林の深奥で何らかの異常事態が発生し、それにより強力な魔物達が逃げ出したという仮説である。

深奥に近づけば近づくほど、高純度の魔素が満ち強力な魔物が跋扈(ばっこ)するようになる。それが逃げ出す程のナニかがあるのだとしたら、その危険度はタイラントウルフの比ではない。

危険すぎる森で、このような奥深くまで人間が立ち入ることなどあり得ないが、クレイスは気にせずどんどん進んでいく。

が、不思議なことに森の深奥へ近づくにつれ、周囲からは生物の気配が希薄になりつつあった。魔素により生命力に溢れていたはずが、満ちているのは瘴気であり、深奥から逆に森が腐り始めている。

重苦しい澱んだ空気が辺りを包む。異常なまでの静寂。

「【星降りの涙(スターライトティアー)】」

広範囲に軽く魔法をばら撒き牽制してみるが、手応えはなく、これといって特に変わった様子も見受けられない。至って平和なものである。むしろ森の深奥まで足を踏み込んでおきながら、平和であるということの方がおかしいのだが、しかし、その原因が特定出来ない。

クレイスの放った魔法がうっかり直撃したのか、何処からか微かに魔物の声が聞こえた気がしたが、精々その程度のことだった。

「特に異常はなし……か」

復讐の発端となっただけにクレイスも気にしていたが、どうやら思い過ごしだったらしい。自らの殺害現場を確認するついでに調査に来てみたが、タイラントウルフの件は本当にイレギュラーだったのだろう。クレイスから見て、アンドラ大森林に異変は感じられなかった。

「ピクニック日和なのになぁ」

重ねて言うが、決してそんなピクニック気分で来るような場所ではない。

これといってなんの成果もなく、ただ徒労に終わったことに気落ちしながら、クレイスはアンドラ大森林を後にした。

第三章　鳴動の森～だが俺は知らなかった～

七百年前、ある一人の神が人間界に魔獣シヌヌヌングラティウスを放った。

その神、オンドォルはミトラスに恋をしていた。

しかし、ミトラスにフラれたオンドォルは逆上し、ミトラスの管轄下にあるこの世界に、魔獣シヌヌヌングラティウスを解き放った。

この世界に住む者達は、それがただの嫉妬によって引き起こされたということを知らない。そして、これは神の怒りだと恐れ慄いた。

魔獣シヌヌヌングラティウスはその力を持って世界を蹂躙した。

街を焼き尽くし、水源を汚染し、森林を腐らせ、太陽を遮った。

闇に染まり、絶望に塗り替えられる世界。

生物の多くが死に絶え、人類もまた未曾有の危機に立たされる事になる。

それは人間だけではなかった。魔族もエルフもドワーフもドラゴン種族も皆一様に滅亡の危機に瀕していた。

終滅の魔獣シヌヌヌングラティウス。

そんな魔獣に立ち向かったのが、当代最強と呼ばれた【勇者】ペトリオット・バッドヒルドが率いる勇者と多種族の混成パーティーである。

その死闘は激戦を極めた。

魔道の粋を集めた究極魔法が飛び交い、聖剣がその真の力を発揮し、聖女の奇跡が傷ついたパーティーメンバーを癒し続けた。

種族の存亡を賭け魔獣シヌヌヌングラティウスを追い詰める。あらん限りの力を振り絞り放った最後の一撃が致命傷を与えた。

崩壊する魔獣シヌヌヌングラティウスの姿に勇者達は勝利の喜びを分かち合った。

だが、魔獣シヌヌヌングラティウスは死んではいなかった。その強靭な生命力で一命を取り留め、深い眠りにつくことになる。

——あれから七百年。

傷が癒え、長きに渡る眠りから目覚めようとしていた魔獣シヌヌヌングラティウスは、自らを傷つけたこの世界の種族達を滅ぼすことしか頭になかった。

魔獣シヌヌヌングラティウスの悪意がアンドラ大森林に蠢きだす。

かつて世界に絶望を与えた災厄が今こそ帰還する。

「あの魔物達はなんだったんだ？」

ふと、かつて愚かにも立ちはだかり、この身を傷つけた憎らしき人間の声がして、全身から憎悪が噴き出す。

最初の獲物はコイツにしよう。コイツを殺して、災厄の化身は蘇る——！

しかし、おかしい。魔獣シヌヌヌングラティウスがこの場所で眠ることにしたのは、ここが人間の立ち入れる領域ではないからである。自らより遥かに劣るとはいえ、強大な力を持つ魔物が徘徊するこのような場所に人間が立ち入るはずがない。

「【星降りの涙（スターライトティアー）】」

悪寒が走る。人間が何か言葉を発した。

それはかつて大賢者が唱えた究極魔法に酷似していたが、その威力は、魔獣シヌヌヌングラティウスが知る究極魔法など児戯にも等しいものだった。

——それはただ一言、破滅。

あまりにも高密度、あまりにも高純度の場違いで桁外れな破壊力。

ただ相手を滅ぼすだけの破壊の意思。

濃厚な死の気配。

本能がそれを否定する。

魔獣シヌヌヌングラティウスは生まれて初めて恐怖した。

七百年前には存在しなかった。

自らを強大な存在だと信じて疑わない魔獣シヌヌヌングラティウスにとって、それはこの世界に存在してはいけない力だった。

天空から降り注ぐその美しき燐光を、ただ無力に眺めることしか出来ない。

それが、自らに終滅をもたらす光であることを知ったときには、魔獣シヌヌヌングラティウスの身体は消滅していた。

「キシャアアアアアアアアアアアアアアアアアアアアアアアア」

断末魔をあげる中、魔獣シヌヌヌングラティィウスの耳に「特に異常はなし……か」という底抜けに場違いな声が届くのを最後に魔獣シヌヌヌングラティィウスの意識は途絶え、絶命した。

こうして終滅の魔獣シヌヌヌングラティィウスは滅びた。

密かに世界を救ったその大偉業を知る者はいない。

——という、わけでもなかった。

焦土と化すアンドラ大森林。深奥と呼ばれる森の最深部は、生物が死に絶え静謐な樹海だったはずが、一瞬で焼け爛れた大地に変貌していた。赤銅色の地面が剥き出しになり、ドロドロとマグマのような熱が渦巻いている。

その様子を呆然と眺めている者達がいた。悲壮な決意を持って挑まんとしていた戦士達。その戦士達を率いていたのは、凛然とした美しい女。

姉の仇を討つべく、魔獣シヌヌヌングラティィウスに立ち向かおうとしていたのは、エルフ族、族長トトリトート・トトリントンの妹であり屈強な戦士でもある、その名は、トトリート・トトリントン。

トトリート・トトリントンは、その白磁のように美しい表情を歪める。

今目の前で何が起こっているのか理解することを脳が拒否していた。

なんでもない一瞬で終滅の魔獣シヌヌヌングラティィウスは消滅してしまった。

その非現実的な光景に、トトリート・トトリントンの口から洩れたのは、

「いや、おかしいでしょう」

身も蓋もないツッコミだけだったが、それを否定する者は誰もいなかった。

◇　◇　◇

「やはり気づきませんでしたわね……」

別に期待していたわけではない。気づいたからといって何かあるわけでもない。ただ単に私の中で感情の整理がつくというだけのことでしかない。

——あの男を許してはいけない。

あのときの男の子はもういない。そこにいるのは災厄を振りまく悪魔だった。遥か昔、ほんの少しだけ重なりあった運命を信じていた私はもういない。彼を知れば知るほどに激しい怒り、激情に駆られる。あのような人間が生きていることを許容することは罪でしかない。

一方で、正反対の感情も私の中にあった。

ネガティブなものとは違う温かな感情。とても大切な想い。

相反する二つの感情。

あの日、クレイス様に会いに行った日、私には二つの目的があった。

一つは見定める為。もう一つは見定めてもらう為。

一つは成功し、もう一つは保留となっている。

それでも、何処か心が高揚するのを感じていた。

その気持ちがなんなのか、まだ私は知らない。

私、ミロロロロ・イスラフィールは孤児だった。

転機を迎えたのは六歳の時。私は洗礼の儀で【聖女】のギフトを授かる。

その日から、私の人生は大きく変わった。

孤児院から連れ出され教会に引き取られた私は、六歳という年齢にして大陸でも最高の権威を与えられ、最高の教育を受けることになった。何人もの侍女が付き、莫大な資産を手に入れ、誰もが私に尊敬と畏敬の念を向けてくる。

私は愛されていた。幸福で満たされていた。

十歳のとき、私は当時暮らしていた孤児院を視察することになった。

再会したシスターは大喜びで泣きながら私に祈りを捧げてくれた。

彼女から感じられる感情は、憧憬と呼ぶべきものだったのかもしれない。

孤児院で一緒に暮らしていた仲間達も再開を喜んでくれたが、昔のように気安く話しかけてはくれなかった。孤児院での暮らしは裕福なものではなかったが、みんなはそれぞれが支え合い、信頼し合いながら笑って暮らしていた。

ふと、私の心に影が差す。

おかしいな？　と、疑念を持つが、その理由が分からない。

そろそろお時間です。と、司祭が恭しく私に告げる。

私は周囲を見渡す。私の周りは沢山の人で溢れていた。その誰もが、私に好意を向けてくれていた。これまでは、それが幸福なのだと素直に信じられていた。

けれど、私は気づいてしまう。

声を掛けてきた司祭も、周囲で私に祈りを捧げる人達も、私の一歩後ろに並んでいる。こんなに人がいるのに、どうして私の隣には誰もいないの？

私は唐突に理解した。そうだ、この人達が愛しているのは、私じゃない。

【聖女】なんだ、と。

私は自分が特別な存在だと思っていた。女神に選ばれし存在なのだと己惚れていた。だがそれは違う。特別なのは【聖女】というギフトであり、私じゃない。

私という人間が愛されていたのではなく、全ては【聖女】というギフトが愛されていたにすぎない。【聖女】であれば、私じゃなくても誰でもいい。

その真実、辿り着いた真理は十歳の私には重すぎた。

私の見ていた世界が急速に色褪せていく。

愛されていると思っていた。だが、実際は孤独だった。

【聖女】というギフトを授かったのが、私じゃなければ、その人物が同じように特別視されるだけ。

【聖女】でなければ、きっと私は同じように彼らと一緒に今でも孤児院で暮らしているだろう。でも、不思議なことに、それが嫌ではない。

むしろ、羨ましいと感じてしまう。隣には仲間がいてくれる。一緒に笑って、泣いて、濃密な時間を共有する掛け替えのない友人達。どんなに辛くても、それはきっと自分の心を支えてくれるはずだ。

なのに、どうして私の隣には誰もいないのだろう？

私は、誰なの？

その悲痛な叫びは、決して胸中から表に出ることはない。

誰も私を見てくれない、この孤独の牢獄の中で私は誰かに助けを求めていた。

愛されているのは【聖女】のミロロロロロ・イスラフィール。

少女のミロロロロロ・イスラフィールのことを誰も見ていない。

【聖女】のミロロロロロ・イスラフィールが笑う。

その裏で、少女のミロロロロロ・イスラフィールはいつも泣いていた。

誰も私に興味がない。

・・・・・・

みんなが見ているのは【聖女】のギフト。私じゃない。

私を見つけてくれる人は、この世界の何処にもいない。

【聖女】は死ぬまで【聖女】。

なら少女の私はこのまま死ぬまで少女のままなのだろうか。

暗澹（あんたん）たる気持ちを抱え、日に日に心が蝕まれていく。

毎日張り付いた笑顔を浮かべながら、私の心は摩耗し続けていた。

そんなある日、仄暗い暗闇の中に沈んでいた私の人生に一筋の光が差し込む。

ギフトを授けるギフト【聖杯】。

あまりにも馬鹿げたそのギフトの力は、一瞬で私を無価値にしてしまう。

それがとても心地良い。望むまま願うままに、ありとあらゆるギフトを無制限に授けることが出来る神なる力。彼の前では全てが無価値で、平等で、そして無意味だった。人間社会の根幹を担ってきたギフトという恩恵をまるで否定するかのような異質なギフト。

世界で、たった一人だけの孤独を背負う異端者。

【聖女】のミロロロロロ・イスラフィールは思う。

私は特別ではないのだと。

少女のミロロロロロ・イスラフィールは想う。

彼なら、本当の私を見てくれるのではないかと。

彼にとっては【聖女】でも【勇者】でも等しく無価値で、どうでもいい。だからこそ、私は彼に会いたいと思った。私にとって、彼は運命の人だった。

これは「恋」なのでしょうか？

誰に問いかけるわけでもなく、それは私自身への問いかけだった。

この気持ちが「恋」ならば、きっと私は「恋」をしている。

甘美で幸せで溺れていたい誘惑に駆られる。

けれど、それはまだ半分。

私はまだ半分しか「恋」を知らない。

「恋」とは決して、幸福で甘いだけのものではない。

きっと、それと同じくらい辛いものでもあるはずだから。

――何故なら「恋」とは、

「貴女は、そんなにも恋をしていたのですか？　ヒノカ・エントール」

彼女は恋をしていて、だからこそ壊れてしまったのだから。

ベッドの上に上半身を起こし、彼女はただ虚ろな目で窓から空を見上げていた。

ヒノカ・エントールに出会ったのは偶然だった。

彼に会えず、ブランデンから帰る途中、もしかしたら宿に戻っているのではないかと立ち寄ってみると、そこにはピクリと動かず、まるで糸の切れた人形のように生気を失っている彼女がいた。

一目でただ事ではないと察する。

その目はなんの光も映さず、彼女の右手は、まるで何かを握り締めるかのように固く閉じられていた。

ギルドでの事情聴取で大まかには何があったのかを把握しているものの、その詳細まで知っているわけではない。このような状態の彼女を放っておくことも出来ず、何があったのかを聞こうと連れ帰ってみるが、彼女は依然として物言わぬ状態のまま二ヶ月近くが過ぎていた。

これまで一度も会話が成立したことはない。

ただ、時折何かに取り憑かれたかのように謝罪を繰り返していた。

彼女は――壊れている。

【聖女】の回復魔法を掛けてみても効果がない。回復魔法では、肉体のダメージは回復出来ても、心までは癒せない。

食事も喉を通らないのか殆ど取ろうとしない。危険を感じ現在は点滴を打っているが、投薬も長くは続かないだろう。いずれにしても彼女が少しでも精神を回復しないことには、この状態は脱せない。

「はぁ。ヒノカさん、ならば、あなたどうして――」

――裏切ったのですか？　と、聞こうとして言葉を止める。

これほどまでに心を壊している彼女が、本当に彼を裏切ったのだろうか。到底そんな風には思えなかった。ましてや、彼を裏切り、殺そうとし、あのような【勇者】と肉体関係を持つなど、今の彼女の姿からは考えられない。

私は恋を知らない。そんな自分が、果たして、ここまで強く誰かのことを想えるのだろうかと。壊れてしまう程に、強く、強く、一人を愛せるのだろうかと。

「……うっ……あぁ……！」

「大丈夫ですか！　ヒノカさん⁉」

突然、ヒノカが苦しみ出し嘔吐する。

しかし、吐き出すものは何もない。胃液が逆流するだけだった。

とっさに上級回復魔法（ハイヒール）を掛けるが、やはり効果はない。

ここしばらく、ヒノカは特に気分が悪そうだった。明らかに身体が体調不良を訴えている。食事と睡眠で回復するようなものなら良いが、それ以外が原因の場合だと対処のしようがない。

（ままなりませんわね……）

嘆息が漏れる。事情を聞くどころではなかった。

面倒事を抱え込んでしまったが、今更見捨てることも出来ない。

ただでさえ、ここ数日、ミロロロロロ自身も女性特有の症状で気が滅入っていた。重い方ではなかったが、だからといって決して楽でもない。しばらくは憂鬱な日が続きそうだった。

「――――え？」

そのとき、ある一つの可能性が思い浮かぶ。

ミロロロロロには経験がなかったが、知識としては知っている。

女性なら誰もが、自然と学んでいくことでもある。

その想像を否定したくて、これまでの事を振り返る。

彼女が壊れてしまった理由、最近になり特に調子の悪そうな様子。

幾つのもピースが、悪意に踊らされながら的確に嵌っていく。破滅的な予想が現実なのだと語っていた。間違いであって欲しいと願うほどに背筋が凍り付いていく。

それはあまりにも最悪で残酷な可能性。

仮にもしそれが正解なら、彼女は今すぐにでも自ら死を選びかねない。

「ヒノカ・エントール。まさか貴女は――」

それを口に出す事が出来ない。

口にして、それが彼女の耳に入ればそれこそ終わりだ。

望まない存在が、自らの胎内にいるなど、そんなことに耐えられるはずがない。

どんな選択をするにしても、ギリギリのタイミングだった。対処が遅れれば、いずれ自身の身体の変化に気が付くだろう。それは彼女にとって、絶対に受け入れられないもののはずだ。

なんとしても手遅れになる前にこのことを彼に伝えなければならない。

壊れたヒノカ・エントールの心に言葉を届けられるのは、彼しかいないのだから。

(ダーリン……どうか間に合ってください!)

こうして、ミロロロロロは再び彼に会いに行くべく、その場から駆け出した。

第四章　魔族の優越

「クソ！　……この俺が必要ないだと！」

苛立ちを抑えきれず、たまらずロンドは石壁を蹴り砕いた。【勇者】のギフトは規格外の身体能力を与える。たった一撃で強固な石壁は何の抵抗もなく粉々になった。とはいえ、こんなものではストレス解消にもならない。

これまでロンドは、【勇者】として誰からも必要とされてきた。だからこそ粗暴で横暴な態度や行動も許容されてきたが、それが一気に通用しなくなった。『仲間殺し』の汚名、悪名も広まり、今や誰かとパーティーを組むことすら出来ない。

なにより、自分を蔑む周囲の冷たい視線に耐えられなかった。

（どいつもこいつも、手のひらを返しやがって！）

何もかもが上手くいかない。ヒノカは目の前からいなくなり、殺したと思っていたクレイスは生きていた。そして帰ってくるなり、女神の代行者として持て囃され、そのギフトの能力によって、自分は無価値に追いやられた。

「あのとき、確実に殺しておけば……」

後悔に苛（さいな）まれる。ロンドは自らの失敗を、クレイスを殺し損ねたことだと考えていた。クレイスさえいなければ、自分は【勇者】としての輝かしい人生を謳歌していたはずだ。誰もが傅く支配者で絶対者、それが自分のはずだった。しかし、その予定が狂ってしまった。あの瞬間、殺していればこんなことにはならなかったのだから。

今でもロンドはクレイスを侮っている。いつでも殺せると信じ切っていた。自分の知るクレイスが、周囲の言うような大それた力を持っているなどと思っていない。半信半疑、所詮はただの雑魚だと信じて疑わない。

次に会ったら必ず殺してやる。

だが、その前に【勇者】ロンドはあまりにも落ちぶれてしまっていた。

自分が再び【勇者】としての地位を取り戻す為には、それ相応の成果が必要になる。そして、【勇者】に求められる成果など、一つしかない。

「魔王討伐、やるしかねぇか……」

魔族との争いなど関心はないが、見下されたまま誰からも必要とされない棄民になることだけはプライドが許さなかった。自分こそが、この世界の主役であり、当事者なのだと証明しなければならない。

何故なら自分は選ばれし者なのだから。

他の雑魚共とは違う、神に選ばれし特別な人間なのだから。

生ぬるい風が頬を撫でる。

黄昏に染まる空の下、醜悪な笑みを浮かべるその存在を【勇者】だと知っている者は誰もいない。

そこにいるのは、ただの醜い人間だった。

しかし、ロンドは理解していない。

真に選ばし者など、誰もいないのだということを。

◇　◇　◇

「もうすぐだ。もうすぐ彼らに対抗しうる力を得る事が出来る！」

その男の声には確たる信念が宿っていた。

長年を費やしてきた研究の集大成が今まさに結実しようとしている。

彼は自らの研究成果を誇ったりはしない。それらは全て彼が生涯を賭してでも守り抜きたいものに捧げられてきた。何年も何十年も、積み重ねてきたあまりにも多くの犠牲、時間、未来を願った多くの同胞達の願いが込められている。

「しかし、種族は違えど、同じ女としては気が引けるな……」

「許されるつもりはない。それでも『希望』は必要だ」

「――すまない」

随分としおらしく女性が頭を下げる。

彼女がそのような姿を見せるのは彼の前だけだった。

「俺達で終わらせよう。この戯曲めいた千年の戦争を。断ち切ろう、その呪いを」

「永劫続いてきたこの宿業(しゅくごう)、流石にそろそろ鬱陶しい」

二人は幼馴染だった。今ではその地位が邪魔するが、ふとこんなとき、二人は昔、何事にも縛られなかった頃の関係に戻る。

「どんな犠牲を払ってでも、必ず成し遂げる」

「頼りにしていいか……？」

彼にとっても、彼女にとっても、目の前にいる人物は大切な存在だ。決して代わりのいない、自分の半身のような存在。

「君を【勇者】には殺させない」

【勇者】に対抗する力。抑止力として機能すれば良いがな」

実験は上手くいっている。もうすぐ結果が出るだろう。

そうすれば両者の関係性は決定的に変わることになる。

千年に渡り続いてきた世界のエラーを正すときが来ていた。

その為にはどうしても必要だった。破滅への輪舞を終わらせる力が。

なればこそ求めた、倫理を逸脱した許されぬ狂気に支配された研究と実験。

「そろそろ前に進む時だ。これはその為に必要な犠牲だと信じている」

「良くもまぁ千年も争い続けたものだ。過去の亡霊にはそろそろご退場願おう」

忙しい日々の中、こうして訪れる甘いひと時。

愛していた。彼は彼女を。彼女は彼を。

「俺が君を守るよ。魔王イルハート」

「私を救ってくれ。ベイン」

遥かに過去に誓った約束をもう一度交わす。

魔王イルハート・ローゲン。

その女性こそ【勇者】の打ち滅ぼす敵、人類に仇名す者、魔王だった。


時は遡る。

ベインは自らが所長を務めるラボで歓喜に打ち震えていた。

そのラボがある研究棟は、限られた者しか立ち入りを許されていない。セーフティレベル5。厳重に隔離され、その研究内容すら秘匿されていた。

しかしこの瞬間、身命を賭して続けてきた研究が大きなブレイクスルーを迎えた。

「ハハハハハ！　見つけた！　遂に見つけたぞ！　これで俺達は先に進める！」

彼が見つけたモノ、それはギフトを司る「因子」だった。

人間種族のゲノムを解析することによって発見されたその因子は、当初はなんら情報を持っていなかった。しかし、洗礼の儀を経ることで、その因子にギフト情報が刻まれることにベインは気づいた。それによって、人間種族はギフトの力を行使することが可能となる。

ベインが発見したのは、ギフトのメカニズムそのものだった。

子供と大人のゲノム解析を行い、その違いから見つけ出し特定した因子は、ベインにとって、自身の研究を次の次元へと飛躍させるものとなる。

◇　　◇　　◇

魔族社会は、人間社会と比べて高度に発展している。

思想、政治、価値観、社会、芸術、文化、そのどれもが極めて高い水準にあった。

科学技術もその一つだった。

魔法と科学の融合は、魔族社会に豊かさという恩恵をもたらした。

八百年前、魔族の哲学者カイゼル・ドーラントは、人間にのみギフトを与えた神は差別主義者だと断罪した。神からの自立を唱えたカイゼルの宣言は、魔族社会に不羈独立の精神をもたらすことになる。

このような思想や価値観の大転換が相次いで起こった魔族社会は、人間社会とは比べ物にならない程成熟していった。

魔族と人間、二つの種族の差は加速度的に開いていく。

魔族と人間による争いは千年間に渡り続いてきた。

だが、千年も前に互いの種族がどのように争いを始めたのか今では知る術もない。憎悪が千年も続くわけがない。当事者達は既にこの世を去り、残された者達がどれほどの想いを抱えようとも、それでも千年間は長すぎる。

徐々に魔族も人間も互いの種族に対する関心も興味も薄れていく。

今更、相手を根絶やしにしたいなどと誰も考えていない。

相互不干渉。争いが形骸化する中、それが、千年の果てに辿り着いた関係だった。

にも関わらず、未だ争いは終わらない。

その理由、それこそが【勇者】というギフトだった。

ギフトは魔族には発現しない。どれだけ人間種族との技術格差が生じたとしても、ギフトの力は魔族にとって脅威となる。ギフトの力は、技術のロードマップから外れていた。世界の理から逸脱した力こそがギフトだった。

魔族から見れば、それはオーバーテクノロジーであり、自分達より遥かに発展が遅れている人間種族がそれを持っていることは、一つの脅威だった。

だが、その脅威の本質はギフトそのものにあるのではない。

魔族が危険視する力、問題は【勇者】というギフトだけだ。

【勇者】は魔王と戦うべき存在と宿命付けられている。

しかし、魔王とは魔族社会における単なる人事異動、権力の移譲にすぎない。

人間種族とは一切関係がない。新しく魔王が誕生したとして、わざわざ今更取るにたらない人間を滅ぼそうなどとは考えない。力で物事を解決する時代はとうに終わっていた。そのような幼稚な価値観は八百年も前に過ぎ去っていたのである。

だが、それでも魔王が誕生すれば、それを滅ぼす力として【勇者】が誕生する。

そして、魔王と【勇者】は争い続ける。

あまりにも時代遅れ、あまりにも時代錯誤。

千年間、惰性で続いてきた魔王と【勇者】の戯曲。

【勇者】と言えば聞こえは良いが、魔族にとって【勇者】というギフトそれは、

——魔族虐殺システム——

【勇者】とは、ただ魔族を、魔王を殺す為だけの装置でしかない。

魔族と人間。未来永劫争わせようとする異形の力。

故に魔族達は、早い段階である一つの結論に到達する。

ギフトに対する抑止力の構築である。当初は魔族達も、人間社会が魔族社会のように発展していけば、旧来的な暴力で解決する野蛮な価値観から脱却すると考えていた。しかし、誤算が生じる。人間社会は、この千年間、まるで発展しなかった。

いつまで経っても、剣と魔法といった世界から抜け出さなかった。魔族社会で科学技術が発展しても、人間社会からはそうした兆候が一切出てこない。

人類は停滞している。三百年前、魔族の思想家ダニエル・グレイブンは、その停滞を引き起こしているものこそがギフトであると喝破した。ギフトという力に頼り、依存しているからこそ人間社会は停滞しているのだとダニエルは主張する。

人間、或いは魔族にとっても、あまりにも過ぎたる巨大な力、ギフト。

そこから、魔族によるギフトの研究が始まる。

◇

ギフトを司る因子の発見。

大きく前進したベインの研究だったが、すぐに新たな壁にぶち当たる。

ベインは考えた。この因子を魔族に移植すればギフトが使えるのではないかと。だが、この目論見はすぐに破綻する。ギフト因子は人間にしか適合しなかったのだ。

幾ら因子を移植しても、魔族にギフトの力は発現しない。

次に考えたのが、異種間交配の可能性である。

それにより生まれた子供を、魔族と交配させていくことで、ギフトの因子を徐々に魔族に取り込んでいくという遠大な計画だったが、これもまた魔族と人間の間にはそもそも子供を作ることができないという根本的な問題に直面する。

ギフトの力を如何に魔族に取り込むのか？

それこそが、ベインの研究テーマだった。

その過程において、ベインはギフト情報を書き換えるゲノム編集の確立に成功していた。魔族にギフトが発現しない以上、人間のみにしか使えないが、因子の情報を書き換えることで、自由自在にギフトを変更出来るという代物である。

図らずもそれは、クレイスの持つ【聖杯】と同じ性質を持つ技術だが、この時点でそれを知る者は誰もいない。

しかし、それが【聖杯】の劣化版にすぎないのは、書き換えるギフト情報の解析に成功している必要があるということだった。その為には、膨大なギフトのサンプルが必要であり、それらをライブラリー化する必要があった。

「それで当てはあるのかベイン？」

魔王イルハートは、じっとベインの目を見つめる。

目の前の男は、このような中途半端な研究成果を報告するような器ではない。既に、目的を達成すべく何らかの案を考えているだろう。

「なにも全てのギフト情報が必要なわけじゃない。魔族にとって戦力になるような有意義なギフト情報だけで構わない」

ふむ、とイルハートは思案する。

「【聖女】のＤＮＡでも採取するのか？」

「必要なのは、質より量だ。その両方を兼ね備えている者達に心当たりがある」

「そのような存在が？」

ベインの決意の眼差しがイルハートを射抜く。

「強大なギフトを持つ者を多く抱え込んでいる一族」

その名は、

「ウインスランド」

◇

「門……開門、〈オープンゲートシステム〉。そういえば以前、論文を——」

ベインは思索に耽る。ウインスランド家との邂逅は、思わぬ発見をもたらした。

ギフトの研究を進める中で数多くの論文に目を通したが、その中にウインスランドの者達が持つ力と酷似しているものがあった。

彼ら一族が隠し持っていた特殊な技術。理論を持ち込んだのは恐らく魔族だろう。武器の召喚程度にしか使用していないようだが、本来の目的、機能は別にある。

閉じられた世界から、未来を選択する力。〝可能性を抽出する〟システム。

「実用化されているとは言い難いがな……」

これもまた新たな疑念の火種となる。

使い方を理解していないことを考えれば、その真価が発揮されることはあり得ないだろうが、それでもギフト同様、過剰ともいえる力を人間種族が所持していることに対して違和感を禁じ得ない。

最大の疑問は、何故人間達の世界が閉じられているのかということだった。

文明、技術の発展によって獲得する段階的なプロセスを経ない逸脱した力。人間種族のみが進化のロードマップから外れた強大な力を行使しているのは何故なのか。

（やはり人間種族は進化しないようにコントロールされている？　誰に？）

仮にそのような存在がいるのだとすれば、そんな者は神しかいない。

つまりはそれこそが、神の意向、そのものだった。

◇

「いや、いまはそれどころじゃない」

ベインは現実に意識を引き戻す。過去に思いを馳せている場合ではない。

「君にとって、俺は悪魔だろう」

目の前の少女をベインは悲し気に見つめる。

これから自分がやろうとしていることのおぞましさに手が震えていた。

ベインは研究を完成させていた。そして迎えた千載一遇のチャンスが今だった。

引き返せない。その手はもう血に染まっている。

【勇者】の動向を逐一チェックしていたが、ロンドという男は、あまりにも【勇者】に相応しくない人物だった。しかし、だからこそベインは活路を見出していた。

魔族と人間が半々になる異種間交配は成立しない。

お伽話によくあるオークが人間を孕ませるといったようなことは現実には難しい。

核を注入することで後天的に魔族化する方法も失敗した。人間として完成している生物を強制的に新たな種族として作り替えることは不可能だった。

その結果、誕生したのは理性のタガが外れ、本能に忠実な人魔モドキでしかない。人間でも魔族でもない合成獣キメラ。魔族の細胞が人間の細胞と適合せず、過度なアレルギー反応が起こり怪物のように変形してしまった者もいた。当然、母体が人間である以上、ギフト因子を遺伝させることも不可能だった。

この不可逆性こそが、ベインの研究における最後の壁となっていた。

だがベインは見つけ出した。

たった一つだけ、人間から魔族へとギフトを取り込む方法を。

人間を魔族化する方法。

「人魔転換」

人間として完成している生物を作り替えることは出来ない。

ならば、人間として完成される前ならば可能なのではないか？

――『胚』に核を注入する。

その為に必要なのは、妊娠している母体。

それも強力なギフトの遺伝子情報を持つ個体が好ましい。

人間が人間としての形、機能を完成させる前に魔族化することで、人間でありながら、魔族を作り出す。

そこに、魔王イルハートから抽出した強大な力を宿す遺伝子情報を持つ核を注入すれば、人間と魔族、二つの力を合わせ持つハイブリッドな異形が完成するはずだ。

人間でありながら、魔族。魔族でありながら、人間。

そして人間を母体に魔族と適合したギフト因子ならば、他の魔族にも移植することが可能となるだろう。

人間からギフトを奪うこと、それこそが研究の最終段階。

魔族自身がギフトを獲得することで、【勇者】に対しての抑止力を得る。互いを拮抗させ、その間に人間種族を発展させ、進化を促すことで、閉じられた世界の殻を破り、長きに渡る争いに終止符を打つ、というのがベインの計画だった。

計画は壮大だが、これはその第一歩でしかない。

しかし、やり遂げなければならない。

それが魔王イルハートを殺させない為に、ベインが考えた唯一の方法だった。

ベインは自嘲する。なるほど、確かに自分は悪魔だと。

これからやろうとしていることはつまり、

——胎児を作り替える

「悪魔実験」

そのようなことが許されるはずがない。

あまりに倫理を逸脱したマッドサイエンティスト。

同族からも嫌悪され敵視されるだろう。

それでも、これが千年に渡る魔王と【勇者】の争いを終わらせる為の希望なのだと信じるしかなかった。魔王を殺させない。覚悟はとうに決まっていた。

目の前で少女は眠っている。その存在を踏み躙ろうとしている。

「許してくれよ、ヒノカ・エントール」

人間と魔族。それらを兼ね合わせた存在。

それは、「魔人」の誕生。

幕間

「ごめん、あーしの力じゃ治せない……」

エルフ達の集まる集落は、まるで火の落ちた竈のように暗く、深い悲しみに包まれていた。その静謐さがどこかもどかしい。

その空気をひしひしと感じながら、ドリルディア・ドライセンは沈痛な面持ちで告げる。普段は表情豊かなドリルディアだが、今は無力さに打ちひしがれていた。

部位欠損すら回復させる【聖女】の力と言えども決して万能ではない。回復魔法は外傷を癒すことは可能でも、内傷や心因性の疾患といった身体の内部から発生する不調まで治療することは不可能だった。回復魔法があっても、ハーブや漢方といった生薬医学が廃れない理由でもある。

睡眠不足や栄養不足も回復魔法ではどうにもならない。外傷は直せても失った血まで補充出来るわけではない。筋肉の損傷は直せても、低下した筋力を戻すことは出来ない。それが回復魔法の限界だった。元の状態まで回復する為には、地道なトレーニングやリハビリが必要となる。

「そんな……では、姉上は助からないのですか⁉」

苦悶の表情を浮かべながら横たわる姉、トトリトート・トトリントンの姿を祈るように見つめながら、トトリート・トトリントンは焦燥を滲ませる。【聖女】の回復魔法でも治療出来ないとすれば、自ずとこの先に待つ死を意識せざるを得ない。

エルフ族の族長トトリトートは、部隊を率いて終滅の魔獣の討伐に向かった。しかしまだ覚醒前の魔獣シヌヌヌングラティウスの前に為す術もなく部隊は半壊。トトリトートは自身が囮となり、なんとか部隊を逃したものの、何らかの攻撃を受け昏睡状態が続いていた。

「呪いの類でも……ない。【解呪(ディスペル)】しても何の反応もないから……」

「姉上は戦うしか能がない私と違いエルフ族の柱石。このようなことで失われてはならぬのです！」

「分かってる！ 分かってるけど、あーしじゃこれ以上……」

ドリルディアは【聖女】として八方手を尽くした。しかし、依然としてトトリトートの容態は変わらず、打つ手なしの状況に陥っていた。

原因すら分からないが、そこには特有の問題点が存在している。回復魔法の効果は絶大だが、それに頼るあまり医学の発展は遅れていた。

【聖女】とて外傷には強いが、その一方で、人体内部の異変を察知出来るほど医学的知識に詳しいわけではないし、人体構造を完璧に把握しているわけでもなかった。【聖女】の奇跡は神の御業とも称えられる程だったが、医療の専門家ではない。そこに本質的な限界を抱えていた。

「早くしないと不味いかも……。生命力が蝕まれてる。このままじゃ……」

「どうして姉上が……。私が代わるべきだったのに！」

「トトちゃん、そんなこと言うのは止めて！ トトリちゃんでもトトちゃんでも、どっちでも駄目だから」

「でも——！」

トトリートは泣いていた。トトリトートに付き添っている侍女達も涙を浮かべていた。それだけでもどれだけ慕われているのか伝わってくる。だからこそ助けたかったが、ドリルディアは自分の無力さに歯噛みすることしか出来ずにいた。

ドリルディアとトトリートには面識があった。そのため、トトリートは真っ先にドリルディアを頼ったが、【聖女】のドリルディアでもどうしようもなければ、他にこの事態を打開出来るような心当たりなどあるはずもない。

魔獣シヌヌヌングラティウスは滅び、後顧の憂いもなくなった今、敬愛する姉が犠牲になるなどトトリートには耐えられないことだった。

「このようなことになるならば、魔獣など放置しておけば……」

放置しておけば良かった。魔獣シヌヌヌングラティウスを一瞬の下に屠ったあのような男が存在するのなら、姉が討伐に向かう必要などなかった。要らぬ犠牲を強いただけだった。

「——そうだ！　あの人、あの人なら何とかなるかもしれない！」

「ど、どうしたのトトちゃん⁉」

「ドリルディアさん、あの人ですよ！　魔獣を倒したあの男の人」

「ちょっと、トトちゃん落ち着いて！　あの人って、誰のこと？」

「御使い様です！」

そこまで聞けば、流石のドリルディアでもピンとくる。

「あー！　なんで気づかなったんだろ。あーしってどんだけ馬鹿なの……。そうだよね、クレイスちゃん、クレイスちゃんなら何とかなるかも！」

悲痛な表情だったドリルディアがパッと笑顔になる。

褐色がかった肌が、薄っすらと赤く染まっていた。

ドリルディアは自分を馬鹿だと卑下しているが、決してそんなことはない。彼女とて【聖女】として最高峰の教育を受けている。しかし、それを飾らない奔放さこそドリルディアの魅力であり、そんな陽キャなドリルディアだからこそトトリートと親しくなるのに時間は掛からなかった。

「クレイスちゃんでも無理なら、きっとこの世界の誰でも無理だよね」

「ドリルディアさん、私、今すぐ呼んできます！」

「あっ！　トトちゃん待って。待ちなさいってこの猪エルフ！」

場所も聞かず慌てて駆け出そうとするトトリートの背中を追いかけながら、クレイスならば何でもないことのように解決してくれるのではないかと、ドリルディアは安堵する自分を感じていた。

第五章　宣戦布告

「と、当主様……何故このようなことを……」

轟々と風が鳴り響く。激しく燃え盛る炎の中、屋敷の屋根が崩れ落ちる。

肌をチリチリと焦がす熱が、これが夢ではないのだと雄弁に語っていた。

破壊された肉体は言う事を聞かない。指先一つ動かせない。眼前に迫る確実な死。

それでも、聞かずにはいられなかった。このような凶行に及んだそのワケを。目の前にいる男が、自分の知る最も強い男だからこそ。

オーランド・ウインスランドは這いつくばる男に傲然と侮蔑の視線を向けた。

「何故……だと？　お前はこれまで何をしてきた？　我らの使命とは何だ？」

「我らは……帝国の剣として……」

その問いが気に入らなかったのか、オーランドは無造作に剣を突き刺した。

「ガッ……！」

「愚者だな貴様は。我らが果たすべきは強さの追求、その極致を見定めること。【帝国の剣】など細事にすぎぬ。帝国の敵だと？　我らと争うような相手など、とうにいないではないか」

オーランドの背後には既に事切れ物言わぬ死体が幾つも転がっていた。しかし、それをやったのはオーランドだけではない。

あの日以来、ウインスランドは二つに割れ対立が起きていた。

◇　◇　◇

五年前、孤島カラマリスにウインスランドを訪ねて一人の魔族がやってきた。当初は警戒したが、その男には一切の敵意は見られなかった。それでも決して警戒を緩めず、怪訝そうに目的を訪ねる。来訪した魔族の男、その者が発した言葉は、どれも眉唾ものだった。検討する必要もない荒唐無稽な妄想のはずだった。いや、妄執だろうか。いずれにしてもあり得ない。だが、その男は自らの言葉が本物であることを証明してみせた。

人間の持つギフトを書き換えたのだ。

ウインスランドにも、ギフトに恵まれなかった者は多く存在している。あまりにも使えない者は追放されることもあるが、得てしてそうした者達は、諜報や工作などを担当することが多かった。しかし、強さを至上主義として掲げるウインスランドでは、裏門と呼ばれる者達の地位はそれほど高くはない。どうしても軽視されがちなのも事実だった。

卓越した強さ、ギフトを持つ者達に対する劣等感、ギフトカースト。当然それは発言権や権力などにも大きな差を及ぼす。

だが、ベインと名乗るその魔族の男が持ち込んだ技術は、ウインスランドの価値観を根底から覆すものだった。それはウインスランドだけではない。ギフトによって成り立っている人間種族の世界、価値観そのものを転換する代物だった。

　誰もが等しく強大なギフトを身に付けることが可能になる。まさしく夢のような話だ。しかし、それは夢ではなく、またベインの話もそれだけに留まらなかった。

【剣神】の再生。

　ベインは言った。もし何処かに【剣神】マリアルのＤＮＡが残る遺物があれば、そこから【剣神】のギフトを蘇らせることが出来ると。

　その言葉は、より大きな衝撃をもたらした。それは、悲願だからだ。

　再び【剣神】のギフトを授かる存在が生まれること。長年に渡り、ウインスランドが悲願としていた理想が、思わぬ形で目の前に提示されることになる。

　そして【剣神】だけではない。ウインスランドの者達が持つ希少なギフト。それらの解析が終われば、誰にでも自由にその力を付与することが可能となる。誰もが貴重なギフトを手にする、あまりにも蠱惑的な提案だった。

　しかし、その提案を素直に受け入れようとする者がいる一方で、強大なギフトを持つことでこれまで優位性を保っていた者からすれば、自らの地位が脅かされることにもなりかねない。意見はまとまらず両者は対立したが、魔族のベインに対して不信感を持つ者も多く、否定的な意見が大勢を占めていた。

　しかし、当主であるオーランドは意外にもその提案を即座に支持する。

オーランドはベインに、かつて【剣神】マリアルが手にしていた刀、「絶刀」を手渡した。それはウインスランドの秘宝として厳重に保管されてきた代物であり、【剣神】マリアル以外、手にした者はいない。

ベインは「絶刀」からＤＮＡを採取する。そして、その解析を待つこと数ヶ月。遂にそれは完了し、【剣神】は現代に蘇る。

その間も意見はまとまらず、侃々諤々の日々は続いた。しかし、【剣神】のギフトが蘇ったことで、意見は肯定へと傾いていく。

対立は深刻なものとなり、その狂気は瞬く間にカラマリス全土へと伝播した。

◇　◇　◇

「――力を望まぬ者が、何故このウインスランドにいる？」

オーランドは、死体となったかつての同胞に何の感慨を見せる事もなく、剣に付着した血を振り払うと、誰にともなく言葉を続ける。

オーランド達、賛成派は純粋に力を求めた。それが喩え魔族の協力があってのものだとしても、目の前に【剣神】というギフトの力を得るチャンスを逃すなど、ウインスランドの者としてあり得ない選択だった。

しかし、彼らは知らない。

ベインにはギフト書き換え実験以外に、もう一つ別の目的があったことを。

魔族化実験。核を注入することで、人間を後天的に魔族化しようとする実験。

結論から言えば、前者は成功し後者は失敗した。ギフトを書き換えるのに必要だと、アンプルに保存していた核の注射を行ったが、激しい副作用によって理性と本能のバランスが崩れ、人間性を保てなくなることはベインにも想定外だった。

ベインがそれに気づいたのはカラマリスを後にしてからである。ベインは望む者のギフトを書き換え、魔族化実験の実験体にしただけで何が起こっているのかまでは把握していなかった。それが更なる悲劇の引き金になることを知らない。

強さという強大な本能に支配され、理性を失い、ただ力を求める獣となったオーランド達は凶行に及び全員に選択を迫る。この場で殺されるのか、ウインスランドの一族として、更なる強さを求めるのか――。

「マーリー・クリエール。貴様は愚者なのか賢者なのか、答えよ」

父の死体から溢れ出した血がじわじわと地面に広がっていく。これが現実なのだと、血生臭い匂いが物語っていた。何故このようなことになったのか、今となってはそんなことを考えても意味がない。

「あ……あぁ……」

マーリーはその光景を絶望的な目で見ていた。その破滅的な様相に自然と涙が零れ落ちる。【帝国の剣】として誉れ高かったウインスランドは瓦解し、その役割を捨て去り、ただ強さだけを求めるギフトの奴隷に成り下がっていた。

そして、目の前で自分に剣を突き付けている男、当主にして【剣神】。ウインスランドで、いや人間種族の中で最強の存在。逃げる事も叶わない。

「わ……たし……は……」

マーリー・クリエールに選択肢などなかった。

◇　◇　◇

その日、帝国に激震が走った。

「何が十番目の貴族だ馬鹿どもめ！」

「よくもまぁ、あれだけの戦力を隠していたものだね。呆れるよ全く」

「島に引きこもっていた陰キャ共が急にはしゃぎだしやがった」

中央本部に設立されたウインスランド対策室は慌ただしい喧騒に包まれていた。役員、幹部は元より、招集を受けた有力ギルドの支部長クラスも一堂に介している。

事の発端は二日前。

エクラリウス帝国の皇帝キセイドン・コロマシアスが殺害された。

犯人は明らかになっている。多くの目撃者がその場にいたからだ。

犯行を行ったのは、オーランド・ウインスランド。

帝国がその存在を隠蔽し続けてきたウインスランド伯爵家の現当主である。

凶刃を振るった【剣聖】に騎士達も対抗したが瞬く間に壊滅した。その場にいたのはオーランドだけではなかった。ウインスランドに連なる多くの者達が突如帝国に反旗を翻したのだ。

国家転覆を謀るテロ行為。

彼らの目的は何なのか、それは存外あっさりと判明する。

オーランドはその場で【剣神】を名乗ると、宣戦布告を行った。帝国への対立、いやそのような浅薄な目的ではない、人間種族そのものに対しての反抗をその場で高らかに名乗り上げたのだ。

武力を持って武力を制する。その信念の下、ただその本能に突き動かされているかのように、あまりにも強欲なその者達は、人類を蹂躙する敵となった。

彼らの要求はただ一つ。

強さの証明、それだけだった。

◇

【帝国の剣】ウインスランド。

その力がどれほどのものなのか、知る者はいない。

しかし、騎士達を壊滅させたその力は、途方もないものだった。それを率いる【剣神】を名乗る男、それが事実だとすれば、対抗出来る存在など限られている。

冒険者ギルドを統括する立場にあるギルドマスタークラウン、ハイデル・ギルスタントは事態の収拾に頭を悩ませながら現状確認に務めていた。中心となっているのは、ハイデルと副クラウンのミゲル・カーネリオンの二人である。共にかつてSランク冒険者として活躍していたこともある。

「Sランクパーティーに連絡は付いたか？」

「間に合いそうなのは【カーニバルハント】と【グリッド君と愉快な仲間達】の二つだけかな」

「クソ、何処で何をやってるんだこんなときに！　Aランクは？」

「【ドレッドノート】と【レッドクリフ】後、三つが限界だね」

「【エインヘリアル】は……もうないか。あの腐れ【勇者】は何処に行った⁉」

「消息不明。連絡が付かない」

「とことん役立たずめ。さっさと死んでしまえ！」

対策本部に暴言が飛び交う。騎士団が壊滅させられた以上、次に戦力を抱えているのは必然的に冒険者ギルドになる。ウインスランド家が争うことを目的としている以上、対立は必至だった。

しかし、それは冒険者の仕事ではない。人間同士の争いなど冒険者には何ら関係のない領分にある。有力パーティーに幾ら招集を掛けても集まらないのは自然なことでもあった。仮にこんなことで有力な冒険者が失われることになれば、その損失は計り知れない。凶悪な魔物の発生など、本来担うべき役割に支障が出かねない。

とはいえ、無関係だからと見逃してくれるような相手ならば、皇帝の殺害などという凶行には及ばないだろう。どちらにしても衝突は避けられない状況だった。

「おいてめぇ、ローレンス。さっさと御使いに菓子折り持って謝罪に行ってこい。ついでに嫁でも抱かせてやれ」

「分かってるよねローレンス君？　君を手元に置いておいたのは、クレイス君との交渉材料だからだよ。僕達だって関わりたくないとは思っていたけど、ま、この事態だから。君が怒らせてしまった以上、責任取ってくれるよね？」

ハイデルとミゲルの冷めた視線がローレンスに突き刺さる。

「しゃ、謝罪はする！　だが、命だけは助けてくれ！」

「それはクレイス君が決めることでしょ。だいたいローレンス君だって、クレイス君に余計なこと言っちゃったんでしょ。そこはもう覚悟を決めて首を差し出そうよ。それで万事解決。めでたしめでたし」

「そんな解決があってたまるか！」

「逆切れしてんじゃねぇぞカス！　てめぇの所為でこのまま協力が得られなければどうなると思ってんだ！」

ローレンスは顔面蒼白になっていた。

Sランクパーティーの【エインヘリアル】を崩壊させた挙句、クレイスと敵対した責任を取らされ、ローレンスはギルドマスターの地位を罷免されていた。それにより冒険者ギルドをクビになったのならまだマシだったが、実際にはクレイスに対する交渉材料として、本部預かりにされ、生殺与奪を握られている始末だ。そして今まさに、過去の自分の愚かさによって窮地に立たされている。

「あーもう、面倒くさいなぁ。こんなのギルドの仕事じゃないでしょ。クレイス君に丸投げ出来ない？　それが一番被害も少ないだろうし」

「人間同士の殺し合いなんぞ冒険者がやることかよ。だが、どういうつもりでいきなりこんな馬鹿な真似をしやがったんだアイツ等……クソ！」

テロリスト相手に有効な対策など浮かばない。道理を説くのも無理な話だった。それに相手が悪すぎる。無傷で制圧するなど不可能だろう。むしろ、こちらが全滅しかねない。

それでも、少なくとも対抗できる力がある限り、自分達も関わらなければならない。ギルドは治安の安定も担っている。だからこそ厄介極まりない事態だった。

ましてや、皇帝が殺害されこのままの状態が長引けば、直にエクラリウス帝国は崩壊を迎えることになるだろう。王国で謀反が起こり体制が覆されたかと思えば、息つく間もなく今度は帝国が国家存亡の危機に立たされている。にわかに世界に変革がもたらされようとしていることを、誰もが肌で実感していた。

仮にこのままの状態で新たに後継者が即位したとしても、ウインスランド家をなんとかしない限り同じことが起こるだろう。激動の渦の中、どう行動するのが正しいのか、正解が全く分からない。

「マリアちゃんいる？」

「はい、ここに」

カツンとパンプスが床を叩く小気味良い音がする。

ミゲル直属の部下であるマリア・シエンが人込みをかき分け、前に出てくる。ミゲルが最も信頼を置く優秀な部下であり、短く切り揃えられたショートカット、乱れもなく常にキチっとスーツを着こなしている才女でもある。

「交渉は君に任せた。ほらモナカ持って行っていいから」

「クレイスさんは子供じゃないですし、甘いもので釣られないのでは？」

「そんなこと言われてもさ、じゃあどうすればいいのさ？」

「それを今まで話し合っていたのではないのですか？」

「こんなのさー、結論なんて出るわけないじゃん」

「マリア、お前が抱かれてこい」

「セクハラで訴えますよ」

決してふざけているわけではない。

皇帝殺害という非常事態に、彼らもまた状況を把握しきれず浮足立っていた。

「マリア、帝国の未来はお前の双肩に掛かっている」

「玉の輿狙っていこうよ」

「荷が重すぎます」

呆れ眼で上司を睨みつけるが、実際問題、自分の身体程度で協力が得られるのであれば、マリアにとっても楽な話だった。このような事態を収拾出来る存在など、彼をおいて他にいないのだから。

冒険者ギルドとしても、友好的な関係を築くに越したことはない。だが、ローレンスのせいで、クレイスの不評を買っていることは最大の懸念事項だった。

既に帝国の中枢機能は麻痺している。この事態に組織として動けるのは、教会と冒険者ギルドしかない。だが、だからといって対処出来るような問題の次元を遥かに超えていた。

「こいつはもう、神頼みしかねぇようだな……」

◇　◇　◇

それは突然やってきた。

「ダーリン、大変なんですヒノカさんが――！」

「クレイス様、お願いがあります。姉上を助け――」

「クレイスさん、はじめまして。ギルドからの要請で――」

「我が主、セイクリッドヴァンピールの命により、貴様はこの場で始末――」

「【ハイプロテクション】」

食事中に殺気を向けられ、クレイスは咄嗟に防御魔法を展開する。数瞬遅れ、爆風が食堂を半壊させた。しかし、気にしている場合ではなかった。矢継ぎ早に魔法を放ち相手を消し炭にする。

「【アドバンスドプリフィケーション】」

「馬鹿な！　ノーブルヴァンピールである我がこんなことでぇぇぇぇぇぇぇ！」

極光がヴァンパイアの身体を自壊させていく。魔法に対して高い耐性を持つヴァンパイアとて、浄化魔法には抗う術もない。

周囲に展開した防御魔法により、幸い人命に被害は出ていないが、突如始まった戦闘に、同じように食事を取っていた者達含め、乱入者達も凍り付いていた。

この間、僅か数秒。突如陥ったカオスに何が起こったのか誰も把握出来ていない。クレイスも襲撃の気配に対して半ば自動で反応しただけで、理解しているわけではなかった。

「なにこの状況……？」


食堂の修理費用として店主に白金貨を渡して、場所をカフェに移す。どうやら乱入者達はクレイスに用があるようだ。

「さっきの襲撃はなんだったんですか？」

「気にしてもしょうがない。もういないし」

「クレイス様、ああいったことは良くあるのですか？」

「たまにな。どうやら最近なにかと有名らしくて」

「流石、ダーリンですわね！」

絶対に良く分かっていなさそうな顔でニコニコしている少女を半眼で見つめると、急に頬が赤く染まった。まるで意味が分からない。

「こほん。それにしてもようやくお会いできて感激ですわ！　今日はダーリンにヒノカさんのことでお伝えしたいことが――」

「そうでした！　クレイス様、どうか姉上をお助けください！」

「クレイスさん、帝国で起こったテロについての詳細ですが――」

三方から同時に違う内容の話が飛び交い、全く頭に入らない。

「とりあえず、全員で一遍に話すの止めてくれる？」

げんなりしながらクレイスは告げる。と、ミロロロロロと名乗った女の言葉に、聞き知った名前があるのに気づいて、クレイスは興味を持った。

「まず誰、君達？」

「改めて名乗らせて頂きますわ。私は【聖女】ミロロロロロ・イスラフィールと申します」

「エルフのトトリート・トトリントンです。お力を貸して頂きたいことがあって参りました」

「私は冒険者ギルド中央本部から交渉を任され、クレイスさんにお会いする為に来ました。こちらを」

渡された名刺にはギルドマスター副クラウン補佐マリア・シエンと印字されている。ギルドの紋章が入った正規品だった。本物で間違いないだろう。

「【聖女】ということは、君はミラと同じ立場なのか？」

「そうですわね。私とミラ、そしてもう一人、ドリルディアの三人が【聖女】を授かっています」

ミロロロロロに尋ねると、トトリートが横から口を挟む。

「ドリルディアさんは私の知人なんです。ですが、そんな【聖女】でも姉上は」

またすぐに会話が混線し始める。ため息を吐くとクレイスは疲れながらぼやいた。

「はぁ。分かった。順番に聞こう」

◇

「なるほどな。だが、ミロロロロロ。君の話は俺に関係がない」

一通り全員の話を聞き終わるが、案の定厄介事ばかりだった。

だがミロロロロロの話は別だ。不愉快さを滲ませながらクレイスは剣呑な視線を向ける。本人に悪印象はないが、ヒノカを気に掛ける理由も分からなければ、その話自体に何の問題があるのかも分からない。

「ですが、このままだとヒノカさんは死ぬことになります！」

「良く分からないな。付き合っていて深い関係なら、妊娠くらいするだろう。避妊が失敗したのか何なのか知らないが、何故それでヒノカが死ぬことになる？」

「それが彼女にとって許し難いものだからです」

「だから何故そうなる？　ヒノカは俺を裏切り、アイツに付いていった。それは俺が一番良く知っている。この身をもって体験したからな」

「いいえ。ヒノカさんは、ダーリンのことを愛しています」

「ありえない。だったら何故裏切った？　何故あのとき俺を拒否した？　何故俺を殺そうとした？」

久しく忘れていた心をざわつかせる不快な感覚。絶望感と無力感に苛まれたあの瞬間、裏切られたときの虚無感。大切なモノを失った喪失感。あらゆる負の感情が去来する。そして何より、もう何もかもが手遅れだった。

「分かりません。ですが、それは本心だったのですか？」

「行動と結果が全てだ。今更何を言われても変わるものじゃない」

「そんな……」

すべては過去でしかない。何も取り返せない。積み重ねた時間も、大切に想っていた心も。切れてしまった感情の糸を繋ぎ合わせることは不可能だった。

「ですがそれでも、他の者では駄目なのです。ダーリンの言葉しか届かない。ヒノカさんは心を壊してずっと苦しんでいます。今のままでは長くありません。それに妊娠していることを知れば、きっと彼女は――」

ヒノカは死ぬ。そう続くであろうことはクレイスにも容易に理解出来た。全てが手遅れになった今になって、本心を確かめたところで壊れてしまったものは戻らない。そのまま死ねばいい。

そう思いたい反面、そこまで思いきれない自分の甘さをクレイスは自覚していた。

再び二人の時間が重なることはない。しかし、これまで積み重ねてきた時間が、このまま何も知らず終わることを拒否していた。

「分かった。会って話をするだけだ。それ以上は何もしない」

「あ、ありがとうございます！」

ホッと表情を緩める。優し気なミロロロロロの笑顔に、いつかのヒノカの笑顔を思い出す。ヒノカの笑った姿を最後に見たのはいつだっただろうか。そんなことさえ思い出せなくなっていた。

（好きの反対は嫌いではなく無関心。なるほど良く言ったものだ……）

無関心になりきれない。それだけ濃密な時間を過ごしてきた。だからこそ許せなかった。今になって好きだと言うなら何故、そんな疑問ばかりが渦巻く。

「ところで、なんでダーリンなんだ？」

「ダーリンが運命の人だからに決まっているからですわ！」

「お、おう……」

純粋に向けられる好意がただ眩しく見えた。他人事のように感じながら、この少女が、その穢れない純真さを失って欲しくないと、クレイスにはただそう願う事しか出来なかった。

ミロロロロロの話を聞き終えると、トトリートに向き合う。

【聖女】でも治せない症状か。俺になんとか出来るとは思わないが、何かの縁だ。見てみよう」

「本当ですか！　ありがとうございます。あの魔獣シヌヌヌングラティウスを苦もなく倒したクレイス様なら、姉上も助かるかもしれません」

「シヌヌ……なんだって？　そんなの倒した覚えはないんだが……」

「アンドラ大森林の深奥で蘇ろうとしていた魔獣です。忌まわしき魔獣によって姉上は——」

「まぁ、とにかくやるだけやってみるよ。そのシヌヌ……なんとかは知らないが」

「終滅の魔獣シヌヌヌングラティウスです」

「よく噛まずに言えるな。誰が名付けたんだその馬鹿っぽい名前は」

「文献にそう記されていたので」

「書いた奴はアレだな」

「そうですねアレですね！」

「クレイスさん、そろそろ、こちらのお話も良いでしょうか？」

「お断りだ。自分で何とかしろ。すみません、チョコレートパフェ一つ。あとアイスコーヒー」

「私にもくださいな♪」

「こちらはカフェオレでお願いします」

「皆さん、私の話だけ聞く気なさすぎませんか⁉」

マリアが額に青筋を浮かべながら若干涙目になっている。

「いやだって、帝国でテロ？　そんなのまで対応してられないっていうか……」

「モナカあげますから話を聞いてください」

「甘いモノで懐柔ときたか」

クレイスとて完全にどうでもいいと思っているわけではなかったが、王国の一件もあり、迂闊に手を貸すと大事に発展する可能性を懸念していた。たかだか一人の人間が世界の在り方に大きく作用するなど、異常すぎる。

「私……では駄目ですか？」

「なに？」

「報酬は私です。私がクレイスさんの奴隷になります。何をして頂いても構いません。ですので、どうかお力をお貸しください！」

「そのようなはしたないことはいけませんわ！」

ミロロロロが憤慨するが、マリアは至って真剣だった。

「でしたらミロロロロロ様、教会が事態の収拾に尽力してください。ギルドはこのような事で優秀な冒険者を失うわけにはいきません」

「私はこちらに向かっている途中だったので、あまり詳しくないのです。いったい何故そのようなことに？　帝国には騎士団など戦力なら揃っているでしょうに」

「歯向かった者は全て殺されています。相手の力は常軌を逸しており、ギルドは有力な冒険者に声を掛けて戦力を集めていますが、芳しくありません」

「相手の目的はなんなのですか？」

「強い者と戦いたいとだけ」

「そんな恥ずかしい理由で大それたことをやるなよ……」

流石のクレイスも呆れ果てる。目的に対して手段が乖離しすぎている。痛々しい狂人集団としか言いようがない。

「帝国の中枢は麻痺し機能不全に陥っています。冒険者達が対応するにしても相手が悪すぎる。【勇者】は姿を消しており、この事態を治められるのはクレイスさんしかいないというのがギルドの考えです」

「丸投げするな」

「出来る事なら幾らでも協力致します。私もクレイスさんにお仕えします。なんなら今からご主人様と呼びましょう。お願いいたします。力を貸してください！」

「自分を大切にしろ。君一人だけが犠牲になる必要はない」

「ですが――！」

「で、犯人は分かっているのか？」

「はい。首謀者はオーランド・ウインスランド。帝国十番目の貴族。ウインスランド伯爵家の当主です」

忘れていたその名前を聞いてクレイスの相貌が歪む。まさかこのようなタイミングで聞くことになるとは思わなかったが、それにしても不可解すぎる話だった。【帝国の剣】が帝国に剣を向けるなど、存在意義そのものを否定している。

「気が変わった。協力しよう」

「え？」

「身内の恥だ。後始末してやる」

「身内ですか……？」

「オーランド・ウインスランドは、俺の父親だ」

◇　◇　◇

「まずいニャ！　このままだとやられちゃうよグリッド！」

「ニーナは俺のサポートに回れ！　ククリ、アイツ等を拘束出来るか⁉」

「了解ニャ！」

「やってるけど、動きが早くて追いつかない⁉」

「【アイシクルロウ】」

目まぐるしく変わり続ける戦況。一歩間違えれば待っているのは致命的な結末。極限の緊張感の中、最適解を打ち続けるが、それでも相手には遠く及ばない。

「ハハハハ！　こんなのがSランクなのかよ！　雑魚すぎて笑っちまうぜ！」

「リドラ、貴方もう笑っているでしょう。ま、僕も同じ感想ですけどね！」

余裕を見せながらも、確実にこちらを追い詰めてくる。その攻撃は目視することさえ難しい。剣の一撃は鋭く、槍の刺突は苛烈だ。これまで戦った相手とは比べ物にならない。近接攻撃、遠距離攻撃、魔法やフェイント、何もかもが通用しない。

相手は五人。その中でも別格の強さを持った二人が厄介だった。

「チッ！　グリッドさんこのままだと――」

「分かってる。なんだってこんな目に！　緊急招集なんて受けなきゃ良かった！」

「っても、断ったって誰かがどうにかしなきゃならないんだろ！」

【豪炎】のジョンが身に付けている特徴的な深紅の重装甲もところどころ破損している。じり貧の状況だった。このまま押し切られれば敗北は必至だろう。

「もう無理！　グリッド、逃げようニャ！」

「見逃してくれる相手ならいいけどな！」

「こっちはもう三人やられてる。このまま逃げたらアイツ等は――！」

ウインスランド殲滅作戦は難航を極めていた。冒険者ギルド最大戦力と目されていたSランクパーティーとAランクパーティーで編成した部隊でさえ、オーランドを打ち破るどころか、斥候によって足止めされ、本陣に近づくことすら出来ない。

しかし、撤退と言っても、それさえ満足に果たせるとは思わなかった。全滅か撤退かの二択しかない。【グリッド君と愉快な仲間達】を率いるリーダー、グリッド・シュライヒと、【レッドクリフ】のリーダー、ジョン・コーデンは共に厳しい選択を迫られていた。誰かを犠牲にする必要があるかもしれない。冷や汗が背中を伝う。だが、自分達でも止められないとするなら、文字通りそれは冒険者ギルドの敗北であり人類の敗北に繋がる。この戦力で負ければもう後がない。逃げても追いかけられ無残に殺されるだけだろう。進むも地獄、退くも地獄。占拠された宮殿は今や万魔殿と化していた。

焦りが徐々に思考を鈍らせていく。この殲滅戦に掛けられている予算は無尽蔵だ。最高級品のポーションを幾つも持ち込んでいるおかげで、傷ついた仲間達は何とか一命を取り留めているが、ここで退けばその命も助からない。

「そろそろ底も割れたし殺しちまおうぜ！」

「この程度だとはガッカリですね……。確かに当主様の言う通り、我らに敵などいないようです」

ざわりと、背筋に鳥肌が走る。迸る殺意がより濃厚に鋭く周囲を支配していく。濃密な死の予感。

（速い――！）

これまでの動きはまだ本気でさえなかったのか、相手の動きが一段と加速する。懐に踏み込まれ、避ける間もなく手にした剣がジョンの首を刎ねようと――して、相手が吹き飛んだ。

「は？」

一瞬、死を覚悟したジョンの口から洩れたのは、ただ疑問だった。

「なにやってるんだマリア。もっとしっかり狙え」

「クレイスさん、私は事務職員なんですよ事務職員！　ギルドでの仕事は主に書類整理や折衝なんです。今回だってただの交渉役で！　なのになんで私が戦闘要員なんですか⁉」

「なんでもするって言ってただろ」

「それは夜のお世話的な意味であって、こういう何でもではなく――」

「だいたいスーツにパンプスって戦う気あるのかお前は」

「貴方がやらせてるんでしょ！　なんかクレイスさん私にだけ厳しくありませんか⁉　好きな相手に意地悪したくなるみたいなやつなんですか⁉」

「冒険者ギルドには嫌な思い出があってな。ローレンスさんは後で私が始末しておきます」

「分かりました。意趣返しだ」

「なに心配するな。今のマリアは俺の次くらいに強い」

「そんな太鼓判押されても嬉しくありませんからね！」

場が凍り付く。唐突に現れ場違いな会話を繰り広げる集団。その集団を前に、その場にいる全員が呆然となっていた。流石にウインスランドの者達も困惑の表情を浮かべ動きが止まっている。

「――痛ぇな。やったのはてめぇか！」

そこまでダメージを受けていないのか、吹き飛ばされた男が憎々しげに起き上がる。明確な敵意が向けられていた。

「アイツ元気そうだぞ。ほら行けマリア」

「いや、ちょっとクレイスさん無理ですって！」

「ミロロロロは負傷者を見てやってくれ。トトリートは周囲の警戒を頼む」

「わかりましたわ！」

「任せてください！」

素早くミロロロロとトトリートが散開する。【聖女】の癒しの力は絶大だ。負傷者も直に回復するだろう。

「おかしいですね。貴方達の気配は一切なかった。警戒はしていたはずだ。どのようにこの場に現れたのです？」

「【禁忌魔法】だ」

「なんでもそれが通用すると思わないでくださいね」

「和んでじゃねぇぞてめぇら！」

男は先程まで浮かべていた余裕ではなく、怒りを纏わせ眼光鋭く睨みつけてくる。

「まぁ、落ち着けよリドラ、ニギ。久しぶりだな」

「はい？　貴方……何故、私達の名前を？」

怪訝そうにこちらを見つめるニギだったが、気づいたのはリドラの方が早かった。

「――お前、まさかクレイスなのか⁉」

「クレイス……そうか！　いや、だがクレイスはあの落ちこぼれのはず！」

ようやくこちらを思い出したのか、二人はクレイスに探るような視線を向けてくるが、クレイス自身は全く別のことを考えていた。

（おかしい……外見で気づかないにしても、ここしばらく【聖杯】は話題になっていたはずだ。なのにこいつ等が何の情報も持っていないなんてあり得るのか？）

ウインスランド家には島外の情報を集積し分析する機関も存在している。加えて主要国には斥候も派遣していた。にも関わらず、クレイスの事を全く知らないなどということがあるだろうか？　そうであるなら、とうにウインスランド家は組織として機能していないことになる。

実際にはウインスランド家は既に崩壊している。今いる者達は愚直に強さだけを求めた異常者集団であり、それ以外の何にも関心を払っていない。

（凶行に及んだ理由といい、いったい何があった……？）

「まぁ、聞けば分かるか。それよりジョン。大丈夫か？」

「クレイスか。すまない助かった」

「そっちは大丈夫か？」

もう一人、消耗が激しい男にも声を掛ける。

「君が噂のクレイスか？　正直ホッとした。僕達だけじゃヤバかったからな」

「動けないニャー」

「もう心配いらない。マリアがいるからな」

「だからクレイスさん、本当なんなんですか貴方!? 訴えますよ！」

「奴隷に人権はない」

「え、それ決定事項だったんですか？」

「自分で言ったんだろ。責任持て」

「ちょっと後で上司もぶっ殺してきますね」

「だから和んでじゃねぇぞクレイス！」

苛立ちを隠しもせず、リドラが怒声をぶつける。ショックから立ち直ったのか、五人全員がじわじわと包囲を狭めつつあった。

「まさかクレイス、君がこんなところで出てくるなんて思いませんでした。颯爽と登場してきたところ悪いですが、救世主気取りも目障りです。死んでください」

「お前みたいなゴミを殺せるなんて、俺は運が良いみたいだな」

ニヤニヤと笑みを浮かべているが、その双眸には一切の油断の色は見られなかった。先程、なんら抵抗出来ずに吹き飛ばされたことを警戒しているのだろう。

「何故こんなことを急に始めた？」

「簡単なことですよ。【帝国の剣】。おかしいですよね。我らに敵などいないというのに、ならば何故強さを求めるのか、そこに理由が必要ですか？」

「戦う相手がいないなら、自分達が敵になればいいってな！　死ねクレイス！」

一足飛びにリドラが踏み込んでくる。しかし、その剣をあっさり防いだのはマリアだった。

「な、なんですかいきなり！　もう少し手加減を――」

「どっちかというと手加減するのはマリアの方だけどな」

「ごちゃごちゃ喋ってんじゃねぇ！」

たどたどしく剣を振るうマリアだが、その剣閃は驚くほど鋭く俊烈だった。リドラの一撃を軽くいなしながら、逆に追い詰めていく。そんなマリアにやる気を出させるべくクレイスは声を掛ける。

「マリア、因みに今使っているその剣は俺が【鍛冶職人】のギフトで鍛えた傑作だ。売ったら五十億ジルくらいするから折るなよ。もし折ったら身体で払ってもらうからな。返済まで長いぞ」

「なんてもの持たせてるんですか⁉」

実際には【刀身強化】や【属性強化】など、思いつく限りの付与を施しているので折れることなどあり得ない。刃こぼれすらしないだろう。

「俺は形から入る主義なんだ」

「うるさい死ね！」

ついには暴言が飛んでくるが、その間もマリアの剣速は更に加速し続ける。リドラを圧倒するマリアの姿をその場にいる誰もが愕然と見つめていた。そして、遂にマリアの剣がリドラを捉える。

「――クソ！」

「リドラ大丈夫ですか⁉　おかしい。クレイスのあの余裕。あれが本当にクレイスなのか？」

「馬鹿な！　俺は強くなったはずだ。あの女が俺より強いだと？　素人にしか見えねぇが動きは本物だ。そんなことがあるわけねぇ！」

「無様だなリドラ。今まで剣を持ったことがないマリアにすら勝てないとは」

「貴方がやらせてるんでしょうが！」

「うるせぇぇぇぇぇぇぇ！」

肩で息を切らしながらリドラが忌々し気に睨みつける。

「仕方ねぇ。ここでやるぞニギ」

「そうですね、始末しておいた方が良さそうだ」

息を整えると、二人が右手を上空に掲げる。

「　　【開門】　　」

言い切る前にクレイスは一瞬で距離を詰めるとリドラの首を刎ね飛ばした。勢いよく吹き出した鮮血が噴水のように辺りに血の雨を降り注いでいく。

「な……に……？」

「ニギ、そいつの首を持って帰ってオーランドに伝えろ。お前等は宣戦布告したつもりかもしれないが、狩るのはお前達じゃない。狩られる獲物はそっちだ。宣戦布告するのは俺なんだよ」

クレイスはニヤリと笑うと、一度マリアの方に視線を送り、おもむろに告げる。

「いや、違うな。【剣神】マリア・シエンが、お前等を狩り尽くす。覚えておけ」

「一旦、仕切りなおすぞ」

メンバーを集めると【転移】を発動させる。ウインスランドと本格的に衝突するのはこれからだ。

くだらない妄想に憑りつかれているテロリスト相手に加減など必要はない。どのみち対立は不可避だった。ならば徹底的に潰す必要があるだろう。

「えっ、なんでそこで私の名前出したんですか⁉　おかしいでしょ！　ちょっとクレイスさん、クレイスさん⁉」

【聖杯】、その力の恐ろしさは、これから明らかになる。

第六章　殲滅のウインスランド～だが俺も当事者だった～

「これどういうことマリアちゃん？　君いつの間に【剣神】になってたの？」

「まさか本当にマリアの双肩に帝国の未来が掛かっていたとは……物は試しと言ってみるもんだな」

ウインスランド対策室には重苦しい気配が漂っていた。とはいえ、ハイデルは呆れた表情を浮かべ、直属の上司であるミゲルは半笑いである。ぐったりしながらマリアは恨みがましい目を向ける。

「知りませんよ。あの人の考えることなんて理解不能です」

【剣神】オーランドに対抗すべく、【剣神】マリアが名乗りを上げたという話は瞬く間に市中に広まっていた。無論その多くはマリアがただの事務職員であることなど知る由もない。

「ハイデル君、これは功を譲られたとみるべきかな？」

「間違いないだろうな。御使いと言えばほんの少し前にも王国で大暴れしていたばかりだ。それで今回の件まで奴が治めるようなことになれば、王国と帝国。二つの国家の上に立つ個人。そんなもん誰も逆らえやしねぇよ。奴もそれを分かっているとみえる」

「それでわざわざマリアちゃんを前面に立てたって？　アハハ！　随分と面白い男じゃないか」

「冒険者ギルドに花を持たせてくれるらしい。有難い話だが情けなくもあるな」

「いやいやいや笑いごとじゃないですから！　あの人絶対そんな大したこと考えてませんよ！　明

らかに私で遊んでいるだけです！」

大仰に否定するマリアを珍しそうにハイデルとミゲルが見ていた。その視線に居心地の悪さを感じて、マリアはたじろいでしまう。

「な、なんですか……？」

「お前、そんなに感情豊かなタイプだったか？」

「マリアちゃんってさ、普段いつも冷静沈着って感じだったけど随分変わったね」

「これが冷静でいられますか！　なんでそんな微笑ましそうな表情なんですか⁉」

「やっぱりマリアちゃんをクレイス君に付けたのは正解だったか」

「これが若さってやつか。いいねー青春」

「はぁ⁉　もとは貴方達が原因でしょう！　こんなことになってるんだから特別手当くらい出してくださいよ！」

「クレイス君に可愛がってもらいなさい」

「ブラック企業め！　滅びろ！」

ともあれ、ウインスランド対策室の空気も徐々に変わりつつある。先の見えない泥沼に嵌っていた頃と違い、幾分雰囲気も和らいでいた。

「それにしてもクレイス君は集められるだけ人を集めろなんて言ってたけど、いったい何を考えているんだろう。敵はグリッド君やジョン君を圧倒するような相手なんだろう？　正直荷が重いよ」

「さぁな。だが、解決出来るのは奴しかいない。言う事を聞くしかないだろうよ。俺達も前に出て指揮をしろなんて言ってたが……。そろそろ時間か。行くぞ」

「すみません、嫌な予感が治まらないのでこのまま早退して良いですか？」

「マリア、お前がこないと話にならんだろうが」

「嫌です！　あの人絶対またなんかやらせるつもりだし、だいたいなんで私が【剣神】なんですか！」

「そういいながら、しっかり動きやすい服装に着替えている辺り、マリアちゃんもなかなか乙女じゃないか。でもジャージはないんじゃない？」

「うるせー馬鹿！」

「これがあのマリアだとは……マジでいったい何があったんだお前に……」

ずるずるとハイデルに引きずられながら、ウインスランド対策室のメンバーは広場に向かって歩き出した。

◇　◇　◇

「どうやら全員集まったようだな」

一段高い台に乗り、クレイスは全体を見渡す。拡声魔石によって増幅された音声は最後列にまで届いている。広場には二百人程度が集まっていた。ランク問わず招集された冒険者の他に壊滅した騎士団の生き残りなど多彩な顔触れとなっている。帝国の一大事に、魔道院からも多数の術者が参加していた。

　クレイスのもとにグリッドなど数人が近づいてくる。

「しかし、クレイス。どうするつもりだ？　俺達でも厳しかった相手だ。新人の冒険者や経験がない者では足手まといにしかならないだろう」

「あいつらめっちゃ強かったニャー。それにまだ大物も出てきてないのニャ」

「正直、もう相手にしたくないわ」

「クレイス殿、我ら騎士団が為す術もなく敗れた相手です。数を集めたところで対抗出来るとは思えません。何か策が――」

　不安げな表情の一同を見回しクレイスは軽薄な笑みを浮かべる。

「落ち着け。俺達にはマリアがいるじゃないか。心配無用だ」

「クレイスゥウウウウウさぁぁぁぁぁん！」

　顔面を引き攣らせたマリアに胸倉を掴まれブンブン振り回されるが些細なことだった。いったい、何をそんなに動揺しているのか。

「これだけ数がいればどうということはない。調べた限り相手は五十人くらいだからな。数ではこちらが圧倒的に有利だ」

「ダーリン、あのレベルの相手が五十人もいるというのは骨が折れるのではありませんか？」

「何を言ってるんだ。こっちは四倍だぞ四倍。負けるはずがない」

「しかし、クレイス君。個々の戦力はこちらが大きく劣る。どうするんだい？」

「こうするんだよ」

「　　　【Grant】　　　」

クレイスがあっさり唱えたそれは、しかし恐るべきものだった。

「おめでとう！　これで今日から君達全員【剣神】だ」

「は？」

「ステータスボードを確認してみろ」

冒険者にとってステータスボードは何百何千回と確認するものである。数字の上限に一喜一憂し、加護やギフト、特性など見飽きる程に見てきたものでもある。だが、改めて確認するそれは見慣れたものから一変していた。

「こ、これは……お前これ……こ、こんなことやって……許されるのか⁉」

「なに期間限定だ。ざっと百時間程度だから気にするな」

広場のあちこちで悲鳴とも似つかぬ絶叫が上がっていた。絶句している者もいる。

「いいか、うっかり力を試してみようとか思うなよ。迂闊な行動で大惨事になるからな。壁とか軽く殴っただけで倒壊するからやらないように」

「御使い。百時間ってことは四日間もあれば十分ってことか？」

「当然だ。そんなに時間を掛けるような相手じゃない。オーランドは【剣神】とか名乗っているみたいだが見ろ。【剣神】なんてそこら辺に幾らでもいるだろ。臆するような相手か？」

「それは……そうだが……しかし、これで勝てるのか？」

「オーランドの相手はマリアが務める。これで万事解決だ」

「何が解決なんですか⁉　それの何処が解決なんですか⁉　なんで私がそんな敵のボスと戦うみたいな話になってるんですか⁉」

マリアにギュウギュウと首を絞められるが、ギフトによって強化されている肉体には何の影響もない。

「ハイデル、ミゲル、それとグリッド君。部隊の指揮は任せた。編成なんて気にしなくても特に問題にはならないだろうが、そこら辺の詳細を詰めたら強襲だ。そして、この部隊を率いるのはマリア、君だ」

「はぁ⁉　クレイスさん貴方ちょっといい加減にしてくれます？」

「いやだがしかし御使い、マリアにオーランドの相手が務まるのか？　相手はあのウインスランドの当主なんだろう？」

「おい、てめぇ。うちのマリアの実力を疑うってのか？」

「クレイス君、マリアちゃんはうちのなんだが……」

「あれ？　私の取り合いが起きてる？」

「聞き捨てなりませんわね！」

何故かミロロロロまで参戦して揉めているが、それを無視してクレイスはマリアに指示を出す。

「マリア、お前の実力を見せてやれ。手を前に出して『召喚』と言ってみろ」

「こ、こうですか？　……『召喚』！」

　すると、突然辺りが暗くなる。正午前、空には太陽が敢然と輝いていた。にも関わらずその光を何かが遮り、歪めていた。闇によって屈折する太陽光。マリアの前に五十メートル四方の巨大な魔法陣が展開される。地鳴りのような地響きと共に、途方もない巨躯、ずぶりと、ゆっくり、だが確実にソレは魔法陣から現れた。

「バハムートか。まぁまぁだな」

「ク、クレイスさん⁉　なんかヤバそうなのが出てきてますけど、どどど、どうするんですかこれ⁉」

　召喚によって現れたのは幻獣バハムートだった。鳴り響く高周波音。バハムートが甲高い咆哮を上げると同時に光熱波が空間を引き裂いた。凄まじい衝撃が周囲を襲う。その振動に立っていられた者はごく一部しかいない。吐き出された光熱波は地面を融解させ、そのまま遠方の山脈を消し飛ばした。

「キュウ」

「よし、もう帰って良いぞ」

　禍々しい姿に似合わない声を上げ、バハムートは魔法陣の中に戻っていく。

「どうだ。これがマリアの実力だ。文句ないだろ」

「何させてくれてるんですか！　違いますからね？　私はただの事務職員でこんなこと出来ませんからね⁉　お茶汲みが仕事ですから！」

「マリアちゃん……君って……」

「マリア、エクラリウス帝国の未来は任せたぞ」

「なにその諦めたような眼⁉　そんな大切そうなことを私に振らないでください！　いいですか、私はあくまでも事務職員で、採用の際もそれで合格を――」

生暖かい目で見ていると、ミロロロロロが話しかけてくる。

「そういえばダーリン、前回接触したウインスランドの者達。微かですが魔族の気配がしました」

「なに？」

「私も若干ですが、そのように感じました。もしかすると彼等は何か魔族と繋がりがあるのかもしれません。もしくは彼等そのものが――」

ミロロロロロにトトリートも同調を見せる。

「なんだアイツ等は魔族に魂を売って、こんな凶行に及んだのか？」

「詳しくは分かりませんが、何らかの事情があるのは間違いないかと」

「なるほどな。決まりだ。テロリスト共は任せて俺達はそっちを探ろう」

「わかりましたわ！」

「トトリートもすまないが、もう少しだけ付き合ってくれ。さっさと片付けたら姉に会いに行こう」

「ありがとうございます！　どのみち頼れるのはクレイス様しかおりません。気になさらないでください」

会話を続けながら、クレイスは関心を引き戻す。

（魔族と繋がり？　オーランドが【剣神】になっている事といい何があった？　……それに母さん

は無事なのか？）

とはいえ、考えたところで答えが出るわけでもない。直接問いただす必要があるだろう。その背景も探らねばならない。降って湧いた【剣神】の力に意気軒高な二百人の姿を見ながら、クレイスは深く沈潜していた。

◇　◇　◇

「【剣神】マリア・シエン。フフ、面白いではないか……」

オーランドは歓喜の笑みを浮かべていた。これぞ待ち望んでいた展開だ。更なる力を求めた理由とはなんだったのか。並び立つ者さえいない孤独の果てに、それでもより強大な力を求めたのは、無様に勝てぬと分かっていても抗う者達と対峙する為だった。戦わない剣に意味はなく、振るわない刀に価値はない。

「クレイスがまさかあのようにことになっているとは……」

「あの出来損ないにも相応の価値があったということだ」

眼前にはリドラ・エンドバーの首が無造作に転がっていた。むざむざと殺された惨めな敗北者。だが、彼等には次は自分がこうなるという不安や心配など一切ない。あるのは闘争本能。相手を殺したい、蹂躙したいという渇望だけだった。力を望まぬ愚か者達を殺害し、帝国に背を向け、皇帝を殺害したことなど最早どうでも良かった。次なる敵、次なる相手。自らの渇きを癒してくれる餌。それだけを彼等はただひたすらに求めていた。

【剣神】の境地に至ったは良いが、剣を振る相手もいないのではな」

「いやはや全く。しかし、奴等がご当主の前まで辿り着けるとは到底思えんがのう。少しは抗ってもらわんとの」

しわがれた声が響いた。しかしその老人が決して見掛け通りではないことをこの場の誰もが知っている。

殺人鬼シャックウ・フロイド。大量殺人犯として大陸全土に指名手配されていたその男はいつしかカラマリスに流れ着いた。男は驚愕しむせび泣いた。これまで自らを最強だと思っていたその男は、島内の誰にも勝てなかった。己の無力を知り、しかし強さにはまだ先があると知りのめり込んだ。

あれから幾星霜(いくせいそう)。数十年の研鑽、加齢と共に低下していく肉体のパフォーマンスに合わせて最適化し続けて来た殺人術。しかし、それを試す相手がいない。絶望に打ちひしがれていたとき、ひょんなことから光が差し込む。男は二つ返事でその言葉に頷いた。そして受け入れた力により、今のシャックウ・フロイドの肉体は全盛期を遥かに上回るパフォーマンスを有していた。

「ニギよ、まさかやられたまま終わるわけではあるまいな？」

「当然ですよシャックウ老。堂々と対立を宣言したんだ。むしろ、やり易くなったくらいです」

クレイスの顔が恐怖に歪むのを想像すると興奮が止まらない。無力さに打ち震えていた当時のクレイスを思い出す。リドラやニギにとってはストレス解消の道具でしかなかった。クレイスという男にはその程度の価値しかない。少し強くなった程度で調子づいているのを見ると笑いが止まらない。この期に及んでもニギはその程度の認識しか持っていなかった。

「【剣神】の剣がどれほどのものか。まさか【剣神】と相まみえる日が来るとはな……。これぞ僥倖」

現代に蘇った【剣神】。しかしオーランドは不満を抱いていた。自らが【剣神】に至った今だからこそ、その力を知りたかった。その強さは如何ほどのものなのか、伝説に謳われるその剣。最高峰の極致へと辿り着いた力。身を以て体験しなければ意味がない。気づけば、それは強い憧憬となり、まるで子供の頃に戻ったかのように際限なく期待が膨らんでいくのを自覚する。

「簡単に死んでくれるなよ。【剣神】マリア・シエン」

自らの勝利を露ほども疑わず、ウインスランドの者達は心地良い殺人衝動に身を委ねる。息苦しくなるような殺気が空間に充満していく中で彼らは愉快そうに笑っていた。

だが、彼らは何も知らない。自分達の下に二百人もの【剣神】が向かっていることなど。【剣神】などその程度の価値しかないことを、誰一人知らないのだった。

◇　◇　◇

「私の顔……これが？　ありえない！　こんな貌私じゃない！　ああああああああああああああ！」

マーリー・クリエールは鏡を叩き割った。これで何枚目だろうか。朝起きれば全てが元に戻っているのではないかと淡い期待を抱き、そしてその期待は脆くも崩れ去る。鏡に映った醜い相貌。それが自分だなど信じられない、信じたくもない。鏡を割った拳には傷一つ付かず、黒ずんだ腕はとても人間のものではなかった。

本人達は気づいていないが、ギフトを書き換えた際に行われた核の注入によって、身体に著しい影響が出ている者も多く現れていた。そしてそれはより女性に大きく作用した。副作用によってホルモンバランスに異常をきたし、その結果、かつての美貌は失われ、マーリー・クリエールは別人とでも言うべき姿に変貌していた。硬質化する肌、喉は潰れしゃがれた声、自慢の髪は抜け落ちボロボロになっている。

オーランド達はそれらの異変など気にもしない程に力に憑りつかれている。彼等にとってはこの程度の異常など取るに足らない犠牲としか考えていないだろう。

しかし、女性であるマーリーにとっては、それは許し難いものだった。

マーリーは生きる為にそう選択せざるを得なかっただけだ。相手もいないのにこれ以上の力を求めて何になるのか、本能が増幅され殺人衝動に駆られる今になっても、頭のどこかでその不毛さに疑念を抱き続けている。

マーリーは必死になって探していた。この地獄から抜け出す方法を。その為ならば得た力など捨て去っても良かった。そもそも最初から望んですらいなかった。

ましてやこんなことになってしまうなら――

「ぐぅぅ！　はぁはぁ……どうして私がこんな目に！」

増幅された理性と本能がせめぎ合う。力など捨て去りたい、力を振るって蹂躙したい。どちらも等しく自分だった。その相反する感情は確実に心を蝕んでいた。

しかし、マーリー・クリエールは比較的強く理性を残していた。

その為、彼女は一つの可能性を見つけ出す。あの男なら何とか出来るのではないかと。外になど一切目を向けなくなったウインスランドの者達が見逃していた、放置していたあの男。

だが、その男の力を借りることなど出来はしない。出来るはずもなかった。今になって頭を下げたところでその男が許すだろうか。自分に力を貸してくれるだろうか。ありえない。そんな都合の良いことなど起きはしない。あの日、最後に見たその男の目に宿っていたのは失望と諦観。そしてそんな目を向けるその男を自分は嘲笑ったのだ。

かつて自らが嘲笑し裏切り傷つけた元婚約者。

「クレイス・ウインスランド、貴方を裏切らなければ私は……！」

ドス黒く広がっていく本能に理性が支配されようとしていた。もう時間は残されていない。しかし、あの男に縋(すが)るしか自分に出来る事はない。ヨロヨロとマーリーは動き出す。僅かな可能性を求めて。あの男の下へと。

◇

◇

◇

「ここがダーリンの故郷ですの？」

「この原風景。なんだか親近感が湧いてきますね！」

「世間を知らない田舎者というだけだ」

クレイス一行はカラマリスに足を運んでいた。といっても、実際には【転移】で跳んだだけであり一瞬で到着している。十二年ぶりに帰ってきた故郷にこれといって望郷の念を抱くこともなく、むしろクレイスはどうでもいいことを考えていた。

何かと多用している【転移】だが、最近では近場の道具屋や武器屋に行くのにも使用している。あまりにも眠い時は、夜トイレに行くのに【転移】を使うことすらあった。おかげで歩くことが激減している。明らかに怠惰になっているのを実感せざるを得ない。かつてこのような便利すぎる力が一般化していた時代の人達は足腰が弱くなっていたのではないかと、そんなことばかりが気になっていた。

「まぁ、それはそれとして。なにか手がかりになりそうなものでも探すか」

「人の気配がしませんわね？」

「すんすん。なんだか空気も変な気がします。こう自然の中に異物が混ざっているというか……」

鼻を鳴らしてトトリートが周囲を探る。港や建物といった多くの人工物があるにも関わらず、そこに人がいる様子が見受けられない。それどころか、まるで時間が止まっているかのように不自然なほどの静寂が辺りを支配していた。

「とりあえず、実家に帰ってみるか」

本家の屋敷へと向かう。この島で一番大きなその屋敷はすぐに目に留まる。ただし、その姿は記憶にあった姿からはかけ離れていた。

「……酷い。何がありましたの？」

ミロロロロロの声には怯えが含まれていた。かつてクレイスも住んでいた本邸。

しかし、当時の様子とは様変わりしている。到着した際に感じた疑念はより顕著なものとなり、目の前の異常は明らかに何かを訴えかけていた。それが血の変色した跡、血痕であることは明白だった。床を塗りつぶし、壁一面、天井まで届くほど飛び散っている真っ黒な汚れ。

「何かに襲われた？　……いえ、殺し合いでもしていたのでしょうか？」

「馬鹿な一族だとは思っていたが、とうとう我慢出来なくなって身内でやり合っていたのか？　それで物足りず今度は上京してきたとかなんて迷惑な連中なんだ」

呆れるしかないが、その想像は聊か(いささ)リアリティに欠けていた。幾ら何でも理性くらいあるだろう。見境なしにそんなことをやったのであれば、それはもう動物と変わらない。

「こういうときは都合良く何があったのかが事細かに書かれた日記帳でも落ちているものだが、何かありそうか？　手分けして探したいが……いや、危険があるかもしれない。一緒に動こう」

「初めての共同作業ですわね！」

「この娘、ポジティブすぎて逆に怖い」

ミロロロロロにドン引きしつつ各部屋をくまなく回ってみるも、これといった手がかりは見つからない。母親のクランベールの事も気になっていたが、やはりその姿は何処にもなかった。

「ここまで来て手がかりなしというのも徒労感があるな。お腹空いたしお昼にでもするか？」

「お弁当を作ってきましたの♪」

「私は帝都の名店「椿屋」さんの三段お重です！　一度食べてみたかったんです」

「育ち盛りなのは良い事だ。実質、遠足みたいなものだしな」

トトリートの育ち盛りな胸元から目を逸らし、本邸の裏庭に出て昼食を取り始める。一見すると和やかな昼食タイムだが、ここが惨劇が行われた現場であることを考えると座りが悪い。

今頃、マリア達は死闘を繰り広げているだろうか？

ぼんやりと思いを馳せるが、あの過剰すぎる戦力で負けるはずもない。

とはいえ何があるかは分からないのも事実だった。相手は明らかに正常ではない。どんな手段に及ぶか分からないだけに、早々に戻って様子を見る必要があるかもしれない。今回ばかりは当事者だけに責任を持って後始末する必要がある。

ふと、クレイスは奇妙な違和感を憶えた。

「――なんだ？」

遠方、三十メートル程。カラマリスは島といっても、しっかり上下水道が整備されている。濾過した清流は飲み水となり、汚水はやはり濾過して海に排出される。蛇口を捻れば水が出る。そんな中でも、時折使われるのが井戸だった。

「ひっ！」

「ななな、なんですかあの気持ち悪いの⁉」

そこから何かが這い出していた。形容すべき言葉が見つからない。敢えて言うなら肉塊だろうか。膨張し膨れ上がった筋肉、不自然なまでに光り輝いている紺碧の瞳。口と思わしき部分からは鋭利な歯とも牙とも言えぬ何かが見え隠れしている。それは明らかに自然界の生物ではなかった。生物としてのデザインに失敗した異形の化物。そうとしか言いようがない。

ゆらりと、這い出してきたそれがこちらに視線を定める。この距離からでも伝わる確かな敵意。そのまま匍匐(ほふく)前進のような形で近づいて来ようとしている。

「【フォビドゥン】」

それはあっけなく、近づく間もなくクレイスが放った魔法によって絶命した。

「しまった。気持ち悪くて咄嗟に殺してしまったが、なんなんだコイツ？」

「ダ、ダーリン、触って大丈夫ですの？　ばっちくありませんか？」

「なんでしょう、魔族？　いや、違う。それと近いような、でも、そうじゃない」

「実はこんなのが大量に徘徊しているとかじゃないだろうな……」

検分もそこそこに面倒になり食事に戻る。ミロロロロとトトリートもそんなクレイスに従い食事を再開させる。

「どうしますクレイス様、もう少し本格的に調べてみますか？」

「そうだな。この島で何かがあったことだけは間違いなさそうだ。食事を取ったら他も回ろう。探索ツアー第二部開幕だ」

「あのような化物とは出来れば関わりたくありませんわね」

既にピクリとも動かない化物だったが、クレイスは違和感に気づいた。

「ん？　ギフト反応がある。こいつひょっとして——人間か？」

横たわる異形。しかしそれは確かにかつて人間だった者だった。

◇　◇

「どこに行きやがったんだ御使い！」

「クレイス君は大丈夫って言ってたけど、本当に問題ないんだろうねマリアちゃん？　可及的速やかに対処方法をお願い」

「私に聞かれても知りませんよ！　だいたいなんであの人いないんですか⁉」

対テロ特殊強襲部隊は全三班で編成された。時間は限られている。百時間以内で何とかしなければならない。いきなり授かった力に慣れる間もなく実践というのは不安だったが、とはいえそれを補って有り余るほどの強大な力が身体の内部に渦巻いているのを誰もが感じていた。

「クレイスさんから預かった手紙を読みますね。えっと、『もし怪我しても、ついでに【聖女】のギフトをマリアに付与しておいたから宜しくどうぞ』だそうです。——って、ふざけんなあのすかし野郎！」

マリアは手紙をびりびりに破ると地面に叩きつけた。

「どうどう落ち着けマリア」

「マリアちゃん凄いじゃないか。大陸で四人目の【聖女】なんて栄誉なことだよ」

「謹んで辞退申し上げますけど!?」

準備は整いつつあった。人員の振り分けも備品の補充も終わっている。しかし、そうはいってもクレイスがいないことは不安の種でしかない。この異常事態。何かあった場合、臨機応変に対応出来るかどうかは未知数だった。

「我々も当初からクレイス君に丸投げしようと考えていたわけだし、強く言えないのが辛いね」

「それでやり返されたわけか？　とんだスパルタな奴だな」

「一応、すぐに帰ってくるとは書いてありましたが、クレイスさんの言うことなんで何処まで真に受けて良いのか……」

「クレイス君の手紙には、なんて書いてあったの？」

「実家に帰らせて頂きますと」

「あの野郎……！」

ワナワナとハイデルが拳を握っているが、いないものはどうにもならない。どのみちクレイスが用意した千載一遇のチャンスであることには変わりがなかった。すぐに帰ってくるという言葉を信じるしかない。

「といってもやるしかないさ。これだけの力があるんだ。僕達だって今度は遅れを取らないよ」

「というか、最初から全部クレイスが一人でやったらいいのニャー」

「ニーナさん、それは言わないお約束ですよ」

そんな雑談を交わしながらも、突入の時は着実に迫っていた。

◇　◇　◇

「こんな施設、昔あったか？」

「薄気味悪いですわ」

「カビの匂いでしょうか……使われなくなって放置されていたみたいですね」

島内のめぼしい建物を周っていると、見慣れない施設を発見した。少なくともクレイスの記憶にその建物はない。十二年前、自分が出ていってから今日までの間に建てられたのだろうか。人がいないのは他の建物と同じだが、施設の外観はもとより、足を踏み入れてみればすぐに察するが、他の建物とは一線を画していた。しいていえば、何かの研究施設のような——。

無造作に床に落ちている試験管やペレット、何に使うのか分からない実験器具や顕微鏡、ここで何が行われていたのか、少なくともロクなことではないだろう。

「これは当たりを引いたかな」

「ダーリン、これが何か分かりますか？」

ミロロロロロが手渡してきたのは分厚い書類だった。目を通すと、それが何かは簡単に判明する。羅列されている文字。見覚えのあるものばかりだった。

「島民名簿だな。この島の住民が全てリストアップされている」

「ひょっとして、ここはお役所とか……？」

「こんな陰気でうす暗い役所は嫌だろ」

気になるのは名前の横に書かれている「適合」「不適合」の文字だった。リストをめくっていくとクランベールの名前もあるが「不明」となっていた。全体で見ても「不明」となっている者が五分の一程度はいる。

「いったいここで何をやっていたんだか。結局は本人達に聞かないと分かりそうにないな」

「あれから変な怪物も出てきませんわね？」

「あー、アイツなら心配いらないぞ」

「へ？　クレイス様、何か分かったんですか？」

「もともとこの島にいた人間はそう多くない。そのうちのかなりの人数が今は帝都にいるんだろ？　アレの元がこの島の人間なら数は知れているからな。ま、だからといって放っておけるものでもないが」

「人間があんな化物になることがあるのでしょうか……？」

「どうみてもこの胡散臭い施設で何かあったとみるべきだろ」

「ここでですか⁉　逃げましょうダーリン！　あんな風になりたくないですわ！」

「気にしなくて良いんじゃないか。空気感染するようなものでもなさそうだし、ウイルス性のものとは違うらしい」

「うー。私には難しいことは分からないですぅ」

「おー、よしよし」

不貞腐れているトトリートの頭を撫でながら表に出る。太陽の位置を考えると、日が暮れるまで後三時間程だろうか。折角の里帰り、これといって成果はなかった上に目的の一つだった母親の行方も分からない。この状況だけに最悪もうこの世にいないことも考えられる。

「しょうがない。これ以上なにもなさそうだしお暇するか」

「あの化物はどうしますの？」

「どうせ海を渡れそうにもないし、無視しても良さそうだが」

「いつの間にかこの島が人外魔境になっている可能性はありませんか？」

「流石に繁殖はしないだろう」

既に事切れていた化物だが、クレイスは人間の体内に本来は存在していない異分子の気配を感じ取っていた。それを除去すれば元に戻すことも可能かもしれないが、殺してしまっている時点で後の祭りでしかない。

気にならないと言えば嘘になるが、とはいえ、これ以上いるかいないかも分からない化物の捜索に時間を割くのも馬鹿らしい。母が異形に変異している可能性もあるかもしれないが、それならそれでいっそ楽にしてやるべきではないか。

「【アブソリュートプリフィケーション】」

「ななななな、なにしましたのダーリン!?」

「島を丸ごと浄化しておいた。これで何かあっても大丈夫だろう、うん」

「なんというか、常識というものが崩壊し続けていくのを実感します」

「さて、弟子がちゃんと仕事しているか見てくるか」

そろそろ衝突が起こっていてもおかしくない時間だった。突入を開始すればいずれ激しくぶつかることになる。負けるはずもないが見届ける必要はある。

「帰るまでが遠足だ。戻るぞ」

「また異常な測定値。おかしい。何が起こっているんだ？」
突然山脈が消滅した。部下からその報告を聞きベインが思わず渋面になる。
近頃、人間社会の中で度々記録されている異常な高エネルギー反応。
それだけではない。厳重に警戒していたアンドラ大森林で高まりつつあった強大な生体反応が一瞬で消失したことといい、何か異常な事態が起こっているという予感があった。
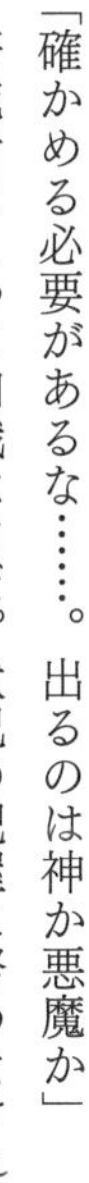
「確かめる必要があるな……。出るのは神か悪魔か」
研究者にとって知識は力だ。状況の把握に努めなければ致命的な事態になりうる。
胸騒ぎを感じながら、ベインは足早にラボを後にした。

「あの野郎、何が負けるはずがないだ！」

「実際ここまで来てるわけだし、対抗出来ているには違いないけどねっ！」

ミゲルが横っ飛びでその場を離れる。その瞬間、足元にナイフが突き刺さった。『影縫い』。相手の動きを拘束する技である。一瞬でも判断が遅れていたら動きを止められその瞬間殺されていただろう。

ハイデルは跳ねるように前に出ると剣で薙ぎ払う。圧倒的な膂力(りょりょく)。全盛期の自分を遥かに凌駕する力に陶酔感を覚えないと言えば嘘になる。その一撃は当たりはしなかったものの接敵していた相手と大きく距離を取ることに成功する。

「だったらもう少しサービスしろ！」

「ちょっと、ハイデルさん前に出すぎです！」

突入を開始したマリア達だが、個々の実力は拮抗していた。相手には研鑽を積んだ技術もあるが、こちらは付け焼刃のギフトが頼りだった。それでも戦況が有利に傾いているのは、数の暴力で押しているからに他ならない。

「まだまだ相手にも余裕がありそうだね」

「あぁ。そろそろ大物が出てきても良いんじゃないか？」

「勘弁しろニャ。残業代でも出ないとやってられないのニャー」

「ニーナ、うちのパーティーはホワイト企業なんだ」

「理不尽なのニャ！」

「ちょっとクレイスさん何やってるんですか⁉　早く帰って来てくださいよ！　もう怒りませんからクレイスさーん⁉」

マリアの声が虚しく戦場に響き渡っていた。

◇　　◇　　◇

本丸までは目前に迫っていた。刻一刻と時間が過ぎる中、突如、息苦しくなるような殺気に襲われ、圧し潰されそうになる。

『――クラス4――プレゲトーン』

「ようやく出てきたか。今度こそ本気ってことでいいかな？」

「フフッ。面白いですね貴方達。どういうわけかいきなり強くなっている。何をしたんです？」

「これから死にゆく君達が知る必要あるかい？」

「確かに。僕等がやることは質問することじゃない。殺し合うことだけです！」

ここに来て部隊の進行速度は停滞していた。迂闊に前へ進むことが出来ない。

それはこの作戦が佳境に入った事を意味していた。立ちはだかる敵、ニギ・マギはニヤリと笑うとプレゲトーンを手に取る。

「この槍を手にした以上、リドラのようにはいきませんよ。マツカゼ！」

「分かっている」

その男は言葉少なげに頷くと、迂回するようにサイドに回り責め立てる。

「僕だってSランクだ。借りは返させてもらうよ。さぁ、再戦と行こうか！」

右足に力を入れて踏み込む。その圧で床に亀裂が入った。既に三十人近く倒している。残りは半分もいないはずだ。だが、残っているのはいずれも強敵ばかりだろう。ここから先は生きるか死ぬかの戦いになる。

（【剣神】の力、どれほどのものか……信じるぞクレイス！）

女神の代行者など最初は詐欺師だと思っていた。ただの大法螺吹き。信じるに値しない虚言のはずだった。Sランクのグリッドにとって、その強さとは自分の理解の範疇にあるものでしかないと考えていた。だが今となってはその認識は完全に覆っている。自分達が苦戦していた相手をことなげに一蹴していた姿。相手のことを敵と認識していたかどうかすら怪しい。

なにより、今自分に宿っているこの力はなんだ。こんなものを誰彼構わず付与するなど破綻した倫理観。あれはもう逆らって良い相手ではない。関わることすらリスクになり得る。あの得体の知れない男と比べれば、目の前の相手の方が余程やり易い。そんな男が勝てると言ったのだ。ならそれは勝てるのだろう。その言葉を疑うことすら必要ない逸脱者。疑念も疑惑もまるで無意味だった。勝てるという確信だけがあればいい。

「ニーナとククリはそっちの奴を抑えろ。僕はコイツをやる」

「貴方に出来ますか――ね！」

ニギによる神速の一撃。あまりの疾さに回避しきれず装備を掠める。たったそれだけで衝撃が全身を襲う。まずもってただの槍ではない。一撃でも当たればそれで人体が破壊されるだろう。

「……クッ！　だが、まだまだこれくらいで――！」

グリッドは覚悟を決めてニギに向かって飛び込む。縦横無尽に振るうグリッドの剣をニギは鍔迫り合いのような形で器用に槍を使って捌いていく。

「あぁ……堪らない！　早く、早く見せてください！　その顔が絶望で歪むところを！　真っ赤な血で染まり、這いつくばって死んでいくところを！」

「生憎、僕は狂人に付き合う気はないんだよ！」

剣と槍。どちらが強いのか、数合だった打ち合いは数十、数百へと連なり加速していく。剣戟音が火花が飛び散る。

「お前さん達の相手は儂がしてやろう」

ゆらりと現れたその老人はまるでこの場には似つかわしくない相貌をしていた。

しかし、今にも獲物を喰らい尽くさんとギラギラと輝くその瞳が、老人こそがこの場の主役なのだと主張していた。

「我々としては勘弁してもらいたいんだがね」

「いや待てミゲル。あの男の顔、何処かで……」

「なんだいハイデル君の知り合いかい？」

「いや、違う。だが見覚えがある……。アンタ、誰だ？」

真っ黒に染まった法衣のような服の袖から、一本の短剣を取り出す。冷たい刃物の感触を愛おしむように、その老人は手で撫でる。

「儂の顔に見覚えがあるとは働き者だのう。仕事熱心なそちらに免じて名前を教えてやろう。儂はシャックウ。シャックウ・フロイド」

「馬鹿なシャックウだと⁉　貴様生きていたのか？」

「二十年も前に行方不明になっていた稀代の殺人鬼とこんなところでご対面とは、全く運が悪いのか良いのか分からないね」

ギルド職員であれば、その名前は聞き及んでいる。ギルドには膨大な情報が集まるが、その中でも犯罪者の情報は特に優先される。知識として頭に入れておくべき必須項目とも言えた。

「ご老人、足腰が辛いんじゃないかい？　大人しくしていては如何かな？」

「心配はいらぬよ。むしろ今が全盛期なのでな——」

目の前の老人が陽炎のように姿を消す。ざわりと、ハイデルは首筋に悪寒を感じて、咄嗟に横に飛んだ。すると、まるでそれを待っていたかのように後ろから斬撃が襲ってくる。

「おい、ジジイ！　てめぇ、その動き。どうなってやがる⁉」

「ふむ、どうやら少しは楽しませてくれそうだのう」

ハイデルとミゲルは警戒を強める。明らかに老人の動きではない。老練、老獪といったその種の言葉は当て嵌まらない。年齢という物理的な限界から外れた理外の動き。訓練や技量でどうにかなるものではない。

「どうやらこいつはこれまでの相手とは別格のようだな。覚悟を決めろミゲル」

「嫌だなぁ……。マリアちゃんがいるとは言え、痛いものは痛いんだよ？」

「俺だって願い下げだ！　だが、今はマリアを動かせない。致命傷を受けて回復出来るのはマリアだけだからな」

「どのみちクレイス君が言っていた以上、オーランドの相手はマリアちゃんしか出来なそうだしね。ここは久しぶりに【センチネル】復活と行きますか」

「終わったら即解散だぞ」

「辛いねぇ。少しは懐かしむとかないのかいハイデル君？」

「いつまでも俺達みたいなのがはしゃいでるわけにはいかないんだよ。そこのジジイと違ってな」

かつてハイデルとミゲルが組んでいたSランクパーティー【センチネル】は現在の冒険者ギルドという組織を近代化させた中興の祖とも言える伝説的なパーティーとして知られていた。

「年を取るのは嫌なもんじゃ。薄れるかと思っていた殺意は日に日に増すばかりでのう。儂は寿命で死ぬまでに後何人殺せるのかそんなことばかり考えて悲観しておった。折角の機会だ。楽しませてくれよ若いの」

「こっちは老後の楽しみで人殺しをやるようなジジイと違って暇じゃないんだよ！　大人しく盆栽でもやってろ！」

「ハイデル君、左だ！　迷惑なご老人はここらで退場してもらおうじゃないか！」

二人は絶妙なコンビネーションでシャックウを攻め立てる。しかし、シャックウは下卑た笑みを浮かべながら、四方からの攻撃を鮮やかに対処していく。

「こんなものでは当主様の出番はなさそうかのう」

「まだ見限るには早いんじゃないかい？　【朧月（おぼろづき）】」

　シャックウが繰り出した一撃をミゲルが姿勢を極限まで低くして回避する。そのまま上半身を捻り思い切り剣を振りぬいた。シャックウの手にしていた短刀がへし折れる。

「ほう？」

「関心している場合か！　【暁闇（ぎょうあん）】」

　ハイデルはミゲルに呼応するようにシャックウの背後に回り込み、思い切り剣を振り下ろす。上下からの最速の一撃。どちらから一方でも防ごうと受け止めれば、その隙にもう一方が致命傷を与える。コンビだからこその洗練された一撃。

「なるほど、面白いではないか！」

　シャックウは即座に別の短刀を取り出すと、全力でミゲルの身体を蹴り飛ばした。

「がぁあっ！」

「ミゲル!?」

「お主達は二人で一人というのか。愉快な戦いをする。ならばどちらか一人をさっさと殺してしまえば、他に打つ手はあるのかな？」

　シャックウは泰然自若としたまま酷薄な笑みを顔に張り付けている。

「クソ！　御使いの野郎、本当に勝てるんだろうな？」

「……ハァハァ。おかしいな。今の方が強いはずなんだけど。それでも及ばないってことは、もっとご老人は強いってことかい？　これはもうクレイス君が帰ってくるまで時間稼ぎでもしようか」

「このままだとこっちの方がジリ貧になるぞ——って、危ねぇ⁉」

スルリと懐に飛び込まれる。精緻な一撃。予備動作だけではない、呼吸や動悸さえもまるで消してしまったのような静寂の境地から放たれる自然な死の到来。

「ハイデル君⁉　困ったなぁ。【剣神】じゃなきゃ死んでたねこれは。クレイス君の言う通りなら勝てるはずだけど、何か思いつかない？」

「少しだけ時間を稼げ」

「それ駄目な奴じゃん。俺死んじゃうやつじゃん」

「死なせねぇよ馬鹿」

「全く、労災は下りないんだから、本当に少しだけにしてくれよ」

マリアは遠方からグリッドやハイデル、ミゲル達の様子を無力感に苛まれながら見つめていた。戦況は膠着している。しかし些細なことで傾くことになりそうだ。それがどちらに味方するかは分からないが。

マリアは温存されていた。オーランドの相手をクレイスが指示したこともそうだが、【聖女】の力が使えるのもマリアだけだった。負傷した者達の回復は帯同している神官達やポーションでも出来るが、致命傷を癒す事は、この場にいる者ではマリアにしか出来ない。迂闊に動けない状況だった。

マリアは憤りを感じていた。クレイスならこんな風に誰かを危険にさらすような事などせずとも一人で解決出来ているはずだ。圧倒して一瞬で終わっているだろう。それを労力とさえ思わないかもしれない。にも関わらず何故自分達がこのような真似をしなければならないのか。もう全部クレイスが一人でやればいい。

それが何処か理不尽な怒りであることをマリアも理解しているが、目の前の現実が焦燥感を募らせていく。

「どうして私が【剣神】オーランドの相手なんて……」

誰も傷つかないようにと祈りながら、その呟きは闇の中へと溶けていった。

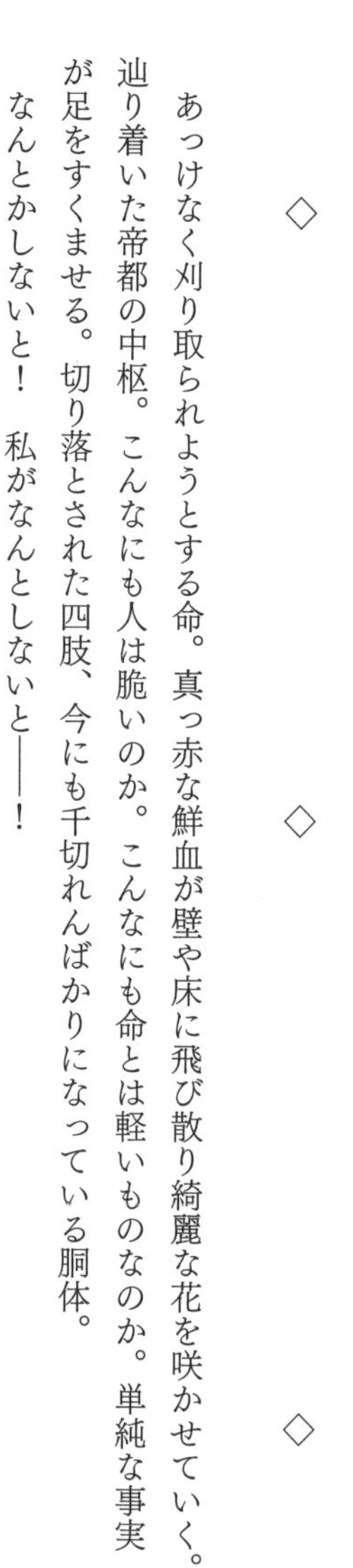

◇　◇　◇

あっけなく刈り取られようとする命。真っ赤な鮮血が壁や床に飛び散り綺麗な花を咲かせていく。

辿り着いた帝都の中枢。こんなにも人は脆いのか。こんなにも命とは軽いものなのか。単純な事実が足をすくませる。切り落とされた四肢、今にも千切れんばかりになっている胴体。

なんとかしないと！　私がなんとかしないと――！

それが出来るのは自分しかいないのに。なのに動けない。助けられるのは自分だけなのに目の前の男を背にしてその場を離れることは自殺行為だった。そうなれば何もかも終わりだ。これまで払ってきた犠牲、それが全て水泡に帰す。

「貴様が【剣神】マリア・シエンか」

現れたその男、オーランド・ウインスランドは傲然と笑う。その目は、獲物を見定めるように、待ち焦がれた恋人に再会したかのように、ただただ歓喜に溢れていた。犯行の首謀者。事態を引き起こした大罪人。志も理想もなく、自らの欲望を満たす為だけに凶行に及んだ異常者。

こうしている間にも誰かが死んでいるかもしれない。助けられる命が消えていくかもしれない。感じた事もない強烈なプレッシャーに吐き気が襲ってくる。何故自分がこんなことをやらないといけないのか、何故自分がこんな目に遭わないといけないのか――。

ぐるぐると思考が堂々巡りを繰り返すが、目だけはその男から逸らせない。

「ウインスランドの悲願【剣神】。この世に蘇りしこの力、これこそ俺に相応しい。それがどれほどのものなのか貴様で試させてもらうぞマリア・シエン」

なんてくだらない。なんて馬鹿げている。あの男を思い出す。強さにも世界にも何ら興味を抱いていないあの男。彼からすれば、目の前にいる【剣神】はあまりにも矮小だった。まるで我慢のできない我儘な子供だ。

苛立ちが募っていく。こんなことの為に、こんな男の為に誰かが苦しみ、誰かが死ぬ？　そんなことがあって良いのだろうか。

クレイスが言っていたことを思い出す。何故俺が？　今の私の心境と同じだ。思えば、私達も彼に同じことをやらせようとしていた。その本当の意味を考えていなかった。出会ったときから、私は彼がやるのが当然なのだと思っていた。

でも、それは違っていた。個人に頼っていてはいけない。それが重要であればあるほど誰かに依存してはいけない。決断は多くの人の意思によってなされなければならない。

誰かがやらねばならない。だとしても何故自分なのか。自分だけがどうして背負わなければならないのか。そんな疑問を持つことは当然だ。その無責任な他力本願さに彼は嫌気が差していた。だからわざわざこんな回りくどいことをしたのだろう。

クレイスの冷たい目を思い出す。オーランドとはまるで正反対だ。つまらなそうな眼差し。強さなど、それを求めたところで何もないのだと視線が語っていた。だから思う。眼前の相手は所詮紛い物だと。【剣神】を名乗るこの男など取るに足らないのだと。彼は言っていた。私は自分の次に強いと。ならば負けるはずがない。

「【剣神】オーランド、貴方は私が倒します」

「この俺を前にして怯えを見せぬとは。少しは楽しませてくれよ」

オーランドの身体から吹き出す桁外れの圧力が空気をきしませる。呼吸が苦しくなり、筋肉が萎縮しそうになる。だが、もう足の震えは止まっていた。どんなことでも、あの男の無茶ぶりからすれば大したことはない。

「私はただの事務職員。良いじゃないですかそれで。そんな相手に貴方は負けるんです。長年強さを追い求め、悲願を達成した貴方はただの事務職員にも勝てない」

きっと彼はそんな絶望を植え付け、煽り、相手の心をへし折る為に、私を選んだ。

「ふふっ。クレイスさん、あなたは残酷な人ですね」

こんな場面で笑いがこみ上げるなど、私も随分毒されているのかもしれない。視線がオーランドを射抜く。自然と剣を持つ手に力が入った。数日前の私なら持ち上げることも出来なかった。でも今はとても手に馴染んでいる。無名で無骨な一振りの剣。売ったら五十億ギル？　折ったら身体で払えと言っていた。

「いいですよ、払ってあげますクレイスさん」

折れるはずなどない。あの男が丹精を込めて打った剣なら、それは誰にも折れない。そうだ、私がやるしかないのだ。その為の力を彼は授けてくれていた。

「私は【剣神】マリア・シエン。いきます！」

◇

「そうだマリア、それでいい」

クレイスはその様子を見ながら、無造作に両腕を斬り飛ばした。

「ぐあぁぁぁぁぁぁぁぁあ！　きき、貴様クレイス⁉」

「しばらくぶりだなニギ」

勝ち誇っていたニギは一転、苦悶の表情を浮かべる。今にもグリッドにとどめを刺そうとしていたところだった。警戒を緩めていたつもりはない。にも関わらず、その男の接近に何の気配も感じとることが出来なかった。

「マツカゼ、なにをやっている！」

しかし、帰ってきた返事はマツカゼではない。のほほんとした気の抜けた声。猫人族の戦士。

「そいつはもういないのニャ」

「くるならもっと早く来てくださいクレイスさん」

「授業参観だ。見守るのが仕事なんだよ」

「いつから僕達はクレイスの子供になったのさ」

苦笑を浮かべるグリッド。その表情には安堵感が滲んでいた。

「だいたいクレイス全然駄目じゃないか。【剣神】なら問題なく勝てるんじゃなかったのか」

「面倒だから全員【剣神】にしてみたが、考えてみれば人によって得意な武器とか違うよな」

「おい……まさかそんな理由で最大限に力を発揮出来なかったって？　君も抜けてるというかなんというか……」

半眼で睨んでくるグリッドから目を逸らす。

「クレイス、早くあっちも助けにいくのニャ。おっさん達が死んじゃうのニャ」

「現場を引退したからって、怠けているから動けないんだ」

「クレイスさんが出てくると、なんだか一気に緊張感がなくなりますね」

◇　◇　◇

「多少手応えがあったが、この程度か。つまらんのう」

興味を失ったかのように乾いた声が響く。目の前には二人分の死体。いや、辛うじて生きていた。

しかし、大量の出血。息があるのが不思議な状態であり時間の問題でしかない。【剣神】のギフトが生命力を強化していなければ既に数回は死んでいるだろう。

「ハイデル君……どうやら……我々の勝ちのようだ……」

「おせぇんだよ……アイツ……はよ……」

「何を言っておる……錯乱でもしたのか？」

怪訝そうなシャックウにミゲルは掠れた声を返す。

「我々に……手応えを感じているようでは……ご老人、貴方はその程度だということだ……」

「ジジイ……底が知れているのは、てめぇなんだよ」

「わけのわからぬことを……」

「シャックウ・フロイド。過去に五十三人を殺害し大陸指名手配に。逃亡の最中、二十年前に行方不明となっていたがカラマリスに逃げ、そこでウインスランド家に入る。以降の経歴は不明だが、まぁ、ロクなもんじゃないな」

つらつらと来歴が述べられる。歩いてきたのは一人の男。この場において不自然なまでの自然体。この場に不釣り合いな気配を身に纏っていた。

「ほう……お前がクレイスか。当主様の四男坊というのは本当か？」

「アンタとは島で会った事がないな。俺は早々に本家を追放された出来損ないだから仕方ないが」

「ならば我らの同士ではないか。一緒に来ぬか？」

「それで何をするんだ？　強い奴を探して殺して周るのか？」

「それもよかろうて」

クレイスは不敵な笑みを浮かべる。既にそのときにはハイデル、ミゲル二人の肉体は回復を見せ始めていた。

「遠慮するなよシャックウ・フロイド。強い奴を探しに行く必要はない。俺が相手をしてやる」

「その自信、大言壮語だと思わぬのか？」

「爺さんこそ、家で大人しく孫でも可愛がっておけ」

「ぬかせ！」

目にも止まらぬ速さでシャックウが短剣をクレイスの心臓に突き刺した。

「……ぐふっ！　何故……なにが……この儂が目で追えないなど……」

気づいたときには、突き刺したはずの短剣が自分の心臓に刺さっている。ありえない。自分の手から短剣を奪い、心臓に突き刺した？　この一瞬で？　気づかせもせずに？　呆気ない終わり。唐突な幕切れ。ただそれだけの最後。人生の集大成、極めた技量。それがたったこんなことで、これだけのことで終わってしまう。

なんだそれは、そんなことが許されて良いのか？

遠のく意識の中、脳内は疑問で埋め尽くされる。なんだ？　こいつは何をした？　こいつは誰なんだ？　この強さはいったい？　こんな奴がいるはずが？　畏怖、恐怖、戦慄、驚愕、あらゆる感情が怒涛の如く流れ去る。現実を目に焼き付けるように、大きく目を見開き、その老人は呆気なく息を引き取った。

「悪いけど、もう少し早く来てよクレイス君。血が足りないからフラフラする」

「お前いい加減なこと言ってるんじゃねぇ！　こっちは死ぬとこだったんだぞ」

「ちょっとした計算違いだ」

「それで殺されかけたんじゃ堪ったもんじゃないよ」

よろよろとハイデルとミゲルが起き上がる。肩を貸し支え合うように立ち上がる。

「増血剤だ。飲んどけ。怪我人はミロロロロロが治療しているから心配ない」

「それにしても助かった。来てくれなかったら全滅しているところだ」

「ったく。現役の頃でもここまでヤバいと思った事はなかったぜ」

「普段からもう少し運動しておいた方がいいかもしれないねぇ」

被害は甚大だが、それでもクレイスの協力が得られない場合に想定していた犠牲から考えればあってないようなものだった。

「さて、後は弟子の様子でも見てくるか。負けたら破門だ」

「だからクレイス君、マリアちゃんはうちのだって言ってるでしょ」

「そもそもいつお前に弟子入りしてたんだうちの事務員は……」

◇　◇　◇

「この血の滾りを、この俺をもっと高みへと導け！　弐の型【翠玲（すいれい）】」

大理石の柱や床を軽々と斬り裂いていく。突如、これまで剛剣を振るっていたオーランドの動きが流麗なものに変化する。流れるような、包み込むような波状攻撃が襲ってくる。

私はそれを冷静に受け流す。何処までも冷静に、機械的に作業として処理していく。剣を振るいながら、命を戦場に晒しながら、目の前の相手と対峙しながら、私はまるで、そんな自分を外から見ているかのように客観的に捉えていた。

「あはははは」

笑ってしまう。これが笑わずにいられますか。いったい私は何をやってるんでしょう。なんとも奇妙なこの状況。面白くて仕方がない。

「そうだ、貴様の本気を俺に見せてみろ！　参の型【迅雷（じんらい）】」

雷光のように一瞬でオーランドの身体が消える。その刹那、その剣は私を殺そうと眼前に迫っていた。しかし、それさえも私はあしらっていく。まだまだこんなものじゃないでしょう？　それで終わりなんですか？　そんな視線をオーランドに送りながら、何処までも捌き続ける。

まったくどうしてこんなことになったのか、何故こんなところにいるのだろうか。一週間前の私は何をしていたんだっけ？

そうだ、確か私は各地のギルド支部から要請された予算の調整をしていた。発生する危険の頻度、魔物の脅威度、抱えているハンターの数、討伐件数、それらを総合的に判断して予算を割り振っていく。

ギルドの予算は都市に多く配分されるかというと、そういうわけでもない。持ち込まれるクエストの数こそ人口が多い都市部の方が増える傾向にあるが、都市はその分、危険地帯から離れた場所にあり戦力も整っている。余程の事態でも起きなければ、そこまでの危険はない。一方で、辺境の街や村ほど、危険度は高くなる。魔物と遭遇する確率も必然的に上がり、治安を維持する騎士団の目も届き難くなる。そんな事情を勘案しながら、今年度の予算を割り振っていくのだ。

それがなんだ。今ではこんなところで【剣神】として剣を振るっている。先週、家に帰って暢気にアイスを食べていた私には到底思いも付かないこの状況。こんなのもう笑うしかないじゃないですか！

忘れていたはずの記憶が蘇る。かつてどうにもならないと諦めた希望。私はこの【剣神】同士の馬鹿げた殺し合いの中、子供の頃を思い出していた。

そういえば、私も昔は冒険者になりたかった。そんな夢を持っていた。純粋で真っ直ぐ、冒険者に憧れていた子供の頃。でも、その夢は呆気なく散る。六歳のとき、洗礼の儀で授かった私のギフトは冒険者に向いたものではなかった。思えば、たったそんなことで私の夢は潰えてしまった。

もう忘れたと思っていた。完全に諦めたつもりだった。でも、何処か私の中にまだその気持ちが残っていたのだろうか。私はギルドの事務職員として、冒険者ギルドで働くことになった。今思えば、少しでもかつて憧れていた冒険者というものに関わりたかったのかもしれない。これは私の未練だ。捨てきれない願望だ。

「肆の型【灰絶】」

オーランドが何かを言っている。もうどうでも良かった。オーランドが何をしようと、そんなものは何でもない。強い。きっとオーランドは誰よりも強いのだろう。あのリドラやニギと名乗っていた者達よりも遥か高みに登り詰めている絶対的強者。疾さ、威力、どれを取っても比類なき力、極限の誇り。

「だから、貴方は弱いんです。オーランドさん！」

一瞬の隙。存在しないその隙を無理矢理こじ開けて、剣を振るう。私の華奢な身体から繰り出されたその一撃は、オーランドの巨躯を簡単に吹き飛ばした。

「ぐぁぁぁあ！」

なんで諦めたんだろう。どうして愚直に夢を追いかけなかったんだろう。たかだか、こんな私が【剣神】になってしまうような、そんな途方もなく馬鹿らしいギフトの力がなかったからって、それが私を否定する理由にはならないのに。ギフトに恵まれなかったからといって、それが何だと言うのか、ギフトに恵まれても、こんなことしか出来ないオーランドのような人間がいるのに。

あぁ、そうだ。私の人生を決めるのは私だ。ギフトじゃないんだ。こんな力がなくたって、私は、人間はもっと自由に生きられるはずなんだ。私はギフトの奴隷じゃない。私の夢を、憧れを、ギフト如きに否定させはしない。

「この俺にここまで抗うとは……」

「そんな程度ですか？　あまりにも弱すぎますよオーランドさん。ガッカリしました。知ってます？私は最近まで剣を握った事もなかったんです。貴方はきっと幼少の頃から研鑽を積んできたんですよね？　それなのに、そんな私にやられっぱなしで良いんですか？」

「貴様……！」

ギリッと、ハッキリと聞こえるほど、大きな歯軋りが鳴る。奥歯が砕けたのか、オーランドはそれを吐き出した。

「何が【剣神】ですかくだらない。そんな力に無様に頼って、驕って、結局貴方は事務職員の素人相手にも勝てずに跪いている。なんて憐れで惨めで可哀想……」

「マリア・シエン。その目を止めろぉぉぉぉぉぉお！」

負けるはずがなかった。僅かな迷い油断が私の命を奪うそんな状況でも、目の前の相手に負けるなどとは到底思えなかった。ギフトに従属している男に、人生をギフトに依存した男に、今の私が負けるはずがない。

後方で爆笑している気配を感じる。

（なんだ、やっぱり来てくれたんじゃないですかクレイスさん）

得も言われぬ安心感。きっと彼は面白おかしくこの状況を見守っているのだろう。彼は私が負けるなどとは微塵も考えていないはずだ。最初からそう言っていた。万事解決なのだと。まったくもってその通りだ。私が気付くだけだった。ギフトの意味に。その無意味さに。

私が戦おうとしなかったからギフトが答えなかっただけだ。覚悟を決めて、一歩踏み出せば答えてくれる。私はギフトに従属しない。こんな力に溺れない。私が主なのだから。私が自分の意思で力を使うのだから。

「こんなものではないでしょう？　それで終わりなんですか？　笑わせないでください！　貴方は戦う事しか出来ないのに、他に何が出来るんです？　オーランドさん、貴方に会計処理は出来ますか？　決算書は読めるんですか？　法務は？　経理は？　お茶はちゃんと汲めますか？」

「黙れ！　もう終わりだ！　お前はここで殺す。伍の型【雪月】」

「貴方には何も出来ない。私を殺すことも。その剣を極めることも。【剣神】なんて、ちっぽけでくだらない力に縋って、時間を浪費して。命を無駄にして、虚しい人生ご苦労様です！」

「俺を馬鹿にするなぁぁぁぁぁぁぁぁああああああ！」

正面からぶつかる剣と剣。オーランドの目は血走っていた。口角から泡を飛ばし正気かどうかも分からない。殺意だけに従うように、私の命を奪おうとひたすらに剣を振るい続ける。

「良い歳して恥ずかしくないんですか？【剣神】なんて力にはしゃいで、こんな大事件を引き起こして。なのに小娘にも勝てないなんて、貴方、生きている価値ありますか？」

「その四肢を引き裂いて、バラバラに切り刻んで打ち捨ててやる！」

「出来もしないことを言わないでください！」

私は剣をオーランドの右肩に突き刺した。

「ぐぅぅ！　ありえぬ、何が起こっている？　何故だ俺は【剣神】のはずだ⁉」

「貴方はそんなことにも気づかない」

「まだだ。まだこんなもので終わるわけにはいかない。俺は【剣神】オーランド・ウインスランド。負けるはずがない」

オーランドは剣を床に突き刺しなんとか身体を支える。

「――クラス10――絶刀・神武――」

オーランドが血に染まる右手を掲げると、途方もなく巨大な門が上空に現れる。

「俺をコケにしたその罪、死をもって償え！」

「お前らのそのつまらん大道芸にも飽きたな」

ふと、背後からこの戦場に似つかわしくない声が響いた。

「マリア、その剣はただの剣じゃない。お前の魔力を込めてみろ。お前の力ならあんなオモチャに負けることはない。負けたら折檻するからな」

「そういうことは先に言ってくれます⁉」

まったく、どうしてあの男はいつだって私を困らせる。目の前で対峙するオーランドなど、まるで取るに足らない程に。

「わわっ！　なんか光りましたよクレイスさん⁉」

「格好良いかなと思って入れてみた演出だが、特に意味はない」

「おいこらてめぇクレイス」

「弟子にもついに反抗期が来たか」

「あなたのせいですからね！」

なんだかんだ言いながら決して私を見捨てない。認めたくありませんが、今は師匠だと思っておくことにしましょう。

「クレイス、追放された無能なガキが！　貴様も一緒に殺してやる！」

「そういうことはマリアを倒してから言え」

「こっちに丸投げしてきた⁉」

「次は貴様の番だ！」

「あぁ、もう！　クレイスさんの馬鹿！」

オーランドが新たに手にしたその剣は、先程までとは全てが異なっていた。神器。神なる存在が使う武器。現世に存在するはずのない虚像の刀。

でも、こっちだって――！　柄を握る手に力が入る。神の御使いが鍛えた剣だ。神格なら同程度だろう。なにか意味もなく光り輝いているが、きっと何か効果があると信じたい。こうなったら信じるしかない。恨みがましい念をクレイスに送りながら、私はオーランドの攻撃を掻い潜る。

「もういいでしょう。オーランドさん、残念ながら貴方はその程度です。私にも決して勝てない雑魚。【剣神】なんて、随分と底の知れた力でしたね！」

先程、突き刺した右肩の傷に、寸分違わず剣を突き刺し、今度は一気に下まで振り下ろした。

「俺の、俺の腕がぁぁぁぁああああああああああ⁉」

さしたる抵抗もなく、右肩から先が床に落ちた。利き腕を失えば、これ以上、戦う事は出来ない。

【剣神】オーランドはもう死んだ。

「良くやったマリア。あとでモナカをやろう」

「それ、私があげたやつじゃないですか」

じっとりした視線をクレイスに向けながら、私は全てが終わったことを理解する。

「　　　　【Deprive】　　　　」

「オーランド、お前のギフトを剥奪した。これでお前はもう【剣神】でも【剣聖】でもないただのジジイだ。帝国法に則って罪を償え」

「な、なに……？」

「罪を償うって言っても事情聴取後、死罪になるだけだろうけどね」

「ったく、この馬鹿げた騒動もようやくこれで終わりか。この歳になると前線に立つのはしんどいぜ」

上司もこちらに向かってきていた。全員無事だったんだ。無事だとは思っていたが、その姿を見て、ようやくホッと安心する。

私はオーランドの下に近づいていく。茫然自失のオーランドにもう何かをする力はないだろう。オーランドの耳元でそっと囁く。

「オーランドさん――」


「ざまぁ」


「あぁ……あ……あ……っ……あぁ」

目の焦点が合っていない。何を考えているのか、何も考えられていないのか分からない。ただ、これで本当に終わったのだ。

「……えっ？」

安堵した束の間。

突如、地鳴りのような音と共に、周囲一帯が吹き飛んだ。

◇　　◇　　◇

「タスケ……コロス……クレイス、クレイス！　タスケ……」

焦げ臭い匂いが充満していた。かつて皇帝が座し、帝都の威厳を象徴していた宮殿は、見る影もなく焼け爛れ、その面影さえも失わんとしている。それは凋落といっても良いのかもしれない。文字通りその地位は地に落ちていた。その震源地、異常震域にいたのは一体の化物。体長は三メートル程あるだろうか、その威圧感はオーランドの比ではない。

「なんだアレは……？」

クレイスはスッと目を細めて視線を送る。かろうじて展開した魔法によって人命を守ることには成功したが、宮殿は今にも倒壊しそうになっている。天井は崩れ落ち、夜天が煌々と化物を照らしていた。

こちらに駆け寄ってきたミロロロロロ達も何かに勘付いたようだ。

「うっ、気持ち悪い！　もう見たくありませんでしたわ。ダーリン、アレは島で見た生物ではありませんか？」

「あぁ。だが、あのときの奴より数段は手強そうだ」

「先手必勝です！」

トトリートが手にした弓で化物を射る。見事な手際、直撃すればそれで終わりだろう。しかし、矢は直前で何かの力場に阻まれるようにへし折れた。

「な！」

「どうやら一筋縄ではいかなそうだな——っと」

ミロロロロとトトリートの手を掴んで一足飛びに後方に飛ぶ。気配に反応したが、不可視の一撃が先程までいた場所に突き刺さっていた。

「危ねぇ。だが、なんだ？　何かおかしい……」

相手は酷く奇妙だった。先程まで戦っていたウインスランドの者達にあったような純粋な殺意がその攻撃からは感じられない。拭いきれない違和感。いや、正確には殺意も含まれている。が、それを抑えようとする意志が働いていた。そう、言うなればそれは、何かを迷っているような——

「あの醜い姿。アレが本当に人間なんですの？」

「島から渡って来たのでしょうか？」

「いや、そうとは思えない」

クレイスは視線を外さないまま、思案を続ける。

(元は人間だったか。さっきの攻撃、殺そうとしていたにしてはぬる過ぎる。理性が残っているのか？)

「お前は誰だ？　俺の言葉が分かるか？」

化物に呼び掛けてみる。反応があれば理性がまだ残っているのだろう。

「コロス……違う！　私じゃない……！　こんなの私じゃ……⁉」

「おい、落ち着け！」

「タスケテ！　私を助けてよぉぉぉぉぉおおお！」

絶叫が響く。灰色に濁り切った化物が目がこちらを見据える。理性を残したまま、しかし、まるでそれが消えつつあるかのような錯乱。狂気の入り混じった瞳が微かに揺れていた。

「ダーリン⁉」

「クレイス様、やはりアレは……」

「あぁ。人間なのは間違いないようだな。もう一度聞く。お前は誰だ？」

「……マ……リー……」

声帯が潰れているのか、酷く聞き取り難い。しかし、微かに聞こえたその名前には聞き覚えがあった。

「マーリーだと？　お前はマーリー・クリエールなのか？」

苦い表情になる。クレイスからすればオーランド以上に不愉快な相手だった。

「お知り合いですかクレイス様？」

「元婚約者だ」

「な、なんですかそれは⁉」

「もっとも、甲斐性なしとして手酷くフラれたがな」

「なんと愚かな……」

化物……マーリーは微動だにしない。今にも攻撃せんと動き出そうと身体を抑え込んでいるようにも見えた。微かな逡巡。

（衝動に抗っているのか……？）

理性が残っているのであれば、島で何があったのか聞く相手としては丁度良いかもしれない。アレが本当にマーリーだとすれば、その姿はあまりにも変わり果てていた。原型を留めていない。憐憫の情が湧かなくもない。

「分かった。助けてやる。だから何があったのは話を聞かせろ」

「ギフト……アクマ……ガ……」

「後からで良い」

「アリガ……トウ……」

クレイスは特に警戒することもなく近づいて行く。相手が数段強くなったところで誤差のようなものだ。気を抜いていたのかもしれない。クレイスは一瞬、自分の脇を駆けていくその存在に気付くのに遅れた。

「貴様のギフトを寄越せ！　マーリー・クリエールゥゥゥゥゥウ！」

右腕を失ったオーランドは左手に剣を握り駆け出すと、一気に化物に突き刺した。

「ギュルルルルルルオオオオオオオオオ！」

悲鳴とも雄叫びともつかない断末魔が響き渡る。

「ひっ⁉」

「なんということを……！」

「しまった！　マーリー!?」

オーランドは化物に喰らい付いていた。剣を突き刺したことで体勢を崩した化物の肉を一心不乱に貪っていく。骨を砕くような、肉を引きちぎるような、バリバリと聞くに堪えない残響音が響く。その渦中にもオーランドの身体にはすぐに変化が起きていた。夥しい血がオーランドの身体を赤く染めていく。失ったはずの右腕からは新たに別の腕が。しかしそれは人間のものではない。膨れ上がった背中からは羽が。人間というにはあまりにも不釣り合いな変化。気づけば、体積は膨れ上がり、巨大な鳥のような一羽の化物が顕現していた。

上空に飛び上がりこちらを見下ろす瞳には紛れもない憎悪が込められている。

「巨大な鳥……なんでしょうか？」

「堕ちる所まで堕ちたなあの男も」

マーリー・クリエールが有していたギフト【伊邪那岐】は形態変化を伴う極めて稀な性質を持っていた。とはいえ、ここまで異常なものではない。なんらかの反応を引き起こしたのだろうか、空には二十メートルはあろうかという鳥のような化物が浮かび上がっていた。月光に照らされたその姿は、まるで人間に審判を下さんとする悪魔そのものに見える。

鳥の化物が羽を振るう。凄まじい爆音と衝撃が地面を抉り取る。数十メートルはあろうかという広範囲に渡って地面に亀裂が走った。

「このままでは帝都が！」

「クク、クレイスさん、なんなんですかアレ⁉」

「よう、生きていたかマリア」

「生きてますよ！　勝手に殺さないでください！」

騒動は帝都全体に広がっていた。住民達も突如現れた異形の化物に悲鳴を上げ、避難をしようと動き出している。

「クレイス君、アレはいったいなんだい？」

「なんでも俺が知ってると思うなよ」

「御使い、お前しか解説役はいないんだ。しっかりしろ！」

「人間、ああなったらもうおしまいだな」

「そんなこと言ってる場合か！　早くなんとかしてくれ！」

「クレイスさん、後始末はしてくれるって言いましたよね⁉」

その場から駆け出しながら考えるが、あの状態の化物を元の状態に戻す方法は思い浮かばない。完全に人間からは逸脱している。生物としての概念から外れた異形。

「殺すしかないか」

クレイスは立ち止まり振り返る。

「なんとも馬鹿な親父だったな。まともに会話した記憶もない」

見捨てられ、島から追放された挙句、次に再開したときは化物になっていた父親。育児放棄と親不孝。どっちもどっちだがあまりにも笑える数奇な運命だった。こんな関係で親子とは到底言えないだろう。父親らしいことを何かされたことはない。今更、あの巨大な鳥モドキに何の感慨もない。

「最後の言葉が別れの挨拶というのも、まぁ、俺らしい」

ガキリと左腕に魔力を込める。鳥モドキはSランク級の魔物に匹敵するだろう。それにあの巨体では冒険者が立ち向かうのは困難だった。自分でやるのが一番手っ取り早い。

「落ちこぼれ、無価値。散々な言われようだったが、そんな姿になっている奴だけには言われたくない。じゃあな、親父。死んでくれ」

なんの感傷もなく、ただそれは永遠の別れの挨拶。そこに未練も後悔も何もない。

「――【星降りの涙(スターライトティアー)】――」

鳥モドキより遥か上空から幾重にも降り注ぐ燐光が、その身体をまるで砂のようにサラサラと分解していく。怨嗟の声を上げる間もなく、絶叫さえも許さず、それは、この世界から排除する為の強制力。その燐光に飲み込まれるように包まれ、鳥モドキはアッサリと消滅した。

「力に憑りつかれた【剣神】か。憐れな男だ」

「ダーリン、さっきの化物ですが……」

「こっちも無理だな」

かつてマーリー・クリエールだったモノは既に事切れていた。喉を食いちぎられたことによる大量の出血。他にも手や内臓など、至る所を食い破られている。どれほど力があっても、死んでいる人間を蘇らせることは出来ない。もう少し早ければ、オーランドをしっかり取り押さえていれば、そんな「もしも」は幾らでもある。何か彼女を救う術があったのかもしれない。しかし、そんなことは結果論にすぎない。何もかもを上手く出来るわけじゃない。

「俺は神じゃない……」

出来る事、出来ない事、何をやるにも自分一人でいいが、だからといって、それで全てを手中に納めることなどできはしない。それは人間という生物の限界だった。人間は神とは違う。

「クレイスさん、ようやく終わりましたね」

「何も終わってない。どっちかというとギルドの仕事はこれからだろ。マリア、お前は破門だ。これから書類仕事頑張れよ」

マリアは何か言いたげに口を動かそうとするが、寸前でその言葉を飲み込む。

ポンっと、クレイスは肩を叩き、マリアに背を向けその場を後にする。

もう会うことはないかもしれない。それで良かった。自分は誰とも関わるべきじゃない。強さの果てには何もない。

「分かっていますよ。だって、私は事務職員なんですから」

そう言って微笑むマリアは、何処か満足そうな表情を浮かべていた。

もう全部俺一人でいいんじゃないか？

あとがき

この度は本作を手に取って頂きありがとうございます。ネット小説として書いていたものが、まさかこうして一冊の書籍になるとは到底思っていませんでした。それも応援して頂いたからこそ、こうして形になったものだと実感しています。重ねてになりますが、本当にありがとうございます。

もともと本作は、緊急事態宣言の中、家で暇を持て余しているとき、折角これだけ時間があるならネット小説でも書いてみようというのがスタートになっています。外に出れば、さながらゾンビ映画のような人の気配がしないゴーストタウンが広がる様子はなかなかホラーでしたが、仕事がオフになり休みが続く中、貴重な体験になりました。一方、怠惰を極める生活は数日で限界を迎え、何かをしていないと逆に落ち着かないというのが精神的にも面白かったです。

なんともはやネット小説というもの自体初めて触れたこともあり、とにもかくにも手探り状態で戸惑いながらの日々でした。各話という形で区切られているネット小説だと、シーンの転換などが意識せずともスムーズに行えるのに対して、こうして書籍という形で繋げて読んでみると流れに難があったりと、改めてメディアの違いというものも実感した次第です。

文量の関係上、書籍版は色々とギュッと圧縮してあるので、スッキリと読みやすくなっているんじゃないでしょうか。修正したい箇所だらけで頭を抱えましたが、右も左も分からない中、丁寧に教えて頂き、改稿にご尽力頂いた担当編集者様には随分とお世話になりました。本当にありがとうございます。また、お忙しい中、イラストを担当して頂いた屡那先生、ありがとうございます。一人で書いていたものが、こうして多くの方々の協力を経て形になるということは、とても素敵なことだと思います。

それでは、最後になりますが、手に取って頂いた皆様に深い感謝を。どうか、お楽しみ頂ければ幸いです。

御堂ユラギ

コミカライズ決定!!
最弱の即死魔術で最強を目指せ

主人公・アークが授かったのは〝当たれば必殺。しかしスライムにすら通らない〟と言われる外れスキル「即死魔術」。しかも成長性を示すレベル上限は「1」。最弱冒険者として認定され、幼馴染みにもあっさり見限られたアークだったが、破れかぶれに放った「即死魔術」がその威力を発揮したことで事態は一変。「レベル1の即死魔術師」として、国を揺るがす一大事に巻き込まれていくのだった。

UG024

即死と破滅の最弱魔術師

著：亜行蓮　イラスト：東上文

本体 1200 円＋税　ISBN 978-4-8155-6024-9

7iro comics
ナナイロ
無料マンガサイト
¥0

UG novels UG025

もう全部俺一人でいいんじゃないか？ 奴隷殺しの聖杯使い(ギフトメーカー)

2021年2月15日　第一刷発行

著　者　御堂ユラギ
イラスト　屡那
発行人　東 由士
発　行　株式会社英和出版社
〒110-0015　東京都台東区東上野3-15-12 野本ビル6F
編集部:03-3833-8780
発　売　株式会社三交社
〒110-0016
東京都台東区台東4-20-9　大仙柴田ビル2F
TEL：03-5826-4424／FAX：03-5826-4425
http://www.sanko-sha.com/　http://ugnovels.jp
印　刷　中央精版印刷株式会社
装　丁　金澤浩二
D T P　荒好見

ISBN 978-4-8155-6025-6　

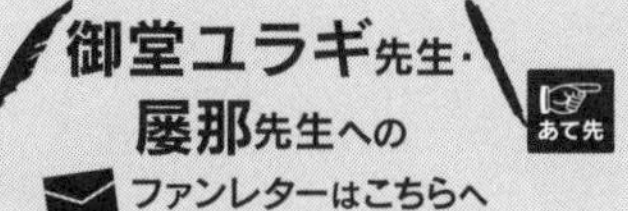

あて先
〒110-0015
東京都台東区東上野3-15-12
野本ビル6F
(株) 英和出版社
UGnovels編集部

本書は小説投稿サイト『小説家になろう』(https://syosetu.com/)に投稿された作品を大幅に加筆・修正の上、書籍化したものです。

『小説家になろう』は『株式会社ヒナプロジェクト』の登録商標です。